心的千问

庆山 著

天津出版传媒集团

天津人民出版社

果麦文化 出品

自
序

我在二〇一七年的春天，开始回答读者第一个提问。在二〇二〇年的八月，一个满月日子，结束第一千个问题的回答。此间持续三年。当时开始，想过日后会不会因为忙碌、旅行或工作，中断这个其实也颇消耗心神的行动。就想，至少答完一千个问题。

这是一千问的由来，一千个问题有始有终的过程。

我并不觉得自己在微博上回答读者、陌生人的问题，是给他们提供标准答案，或试图解决他人生活中实质性的困难或疑问。任何文字回答都不具备这样的完美与正确，也没有这样的现实作用。

人的困惑、疑问、伤痛、艰难，不可能通过他人及他力实现解决。凡是来自他人的，或许有短暂的、阶段性的、片面性的帮助，但不会彻底解决其根底。

真正而彻底的解决，究竟的解决，只能来自时间进程中的个人力量。通过思想、行动，去改变观念、调整行为。种下因，并得到果。

我想，来提问的每一个人，其实也都明白这个道理。

那么，我们为什么彼此还在延续这个形式，或者说是一种仪式。我们从中得到的又是什么。

新世界科技如今看起来先进、迅速、热闹、丰富，几乎人人都有自我表演和表达的平台与载体，那么，人的生命因此而更具备存在感，或更有活力、希望与快乐了吗？在我看来，却是相反的。

现在的年轻人，或任何年龄阶段的人，更容易感受到与天性、本性、自性失去联结，与他人失去情感与爱意上的联结。人们表演和表达取悦、俘房他人的内容，却变得更难以彼此理解、容纳，也无法平等、柔软地对待。通过这一千个问题可以看到，人与人之间的隔阂、界限、怀疑、孤独多么深刻。

人们不能彼此理解和容纳，甚至也难以理解与容纳自己。

在物质与科技吸取大部分重要注意力的现在，我们如何能够一再回到内在，找到平衡与喜悦的源头，找到心灵的根据。而不是飘忽不定，茫然无根。

也许在这些纷纭问题当中，在来自他人的观察视野和思考方式当中，会对你有所触动、启发。虽然我提供的回答，只是个人立场。我也不认为这些回答是完美或准确无误的。它们只是个人建议。但同时这一切发生也充满开放性。倾听与被倾听，了解与被了解，容纳与被容纳，信任与被信任。

这个过程本身是一种疗愈。

看到这些问与答的读者，如果能对照当下，有所共情，有所相近，得到心中的答案，或生发出新的想法与行动，对我来说，这也很好。

而这个仪式中，更重要的部分，是许多陌生人因此而相聚，去感受和了解他人与自己的内心深处，探索生活本质。大家因为理解、关怀、信任与爱，在一千问中汇合。

希望我们能够为地球，为当下时空，为他人，为自己，做一些增进慈悲与智慧的小事，发出更多正向而善意的回声。

谢谢大家与我一起组成一千问。

庆山

二〇二一年一月九日

目
录

第一辑

直到道理
变成真正的经验

1. 怎样对待爱而不得？

答：极力想得到的未必是爱，也许只是心中渴望占有的欲望。如果放下这"得"的欲望，看看心里还能剩下多少温柔与珍惜。

2. 跨过七年之痒，九年之情，婚姻之路越走越觉得疲惫，我该如何抉择？

答：婚姻是两个人的事。发生问题时应考量与反省彼此之立场，转换角度去看待关系中的种种波折。如果只是想改变对方，等同在回避自己的责任。**只有更新双方的行为与思考模式，才有机会走出关系旧有模式的循环。**

3. 第一次遇见心中的soulmate，不知道该如何向对方表达自己的心意，暗示过几次，也不晓得对方是否感知。迷茫，困惑，有些着急。

答：这些着急好像都是自己的事，和对方并无关系。不如静观一下过程的发展与变化。

4▸ 要如何正面内心的惰怠和怯懦？太多时候对自己不满，并不快乐。

答：如果蹲在阴暗潮湿的小屋里，不会立刻推门离开吗？它又不是一座牢狱。除非自心造出一座虚妄的牢狱，并禁锢自己的行动力和信心。

5▸ 人如何在明白某些现状需要改变却仍旧无能为力的状态下做出一些改变？只能等待蓄积力量直到足够从而自然而然变化吗？

答：除力量足够，还需要因缘具足。

6▸ 本想选择自由，却害怕失去安稳，所以选择了安稳，可是渴望自由之心却不死！时常陷入这种纠结之中，不知道该怎么办才好。

答：人之贪婪在于什么都想要。面对选择，人需要承担任何一种结果所需付出的代价与牺牲。

7▸ 我最大的困扰就是如今的日子不能长久……

答：**当你真正地活在当下，就会遗忘这个问题。**

8▸ 有很多困惑和烦恼，却发现无话可说。道理听得多，未必能顿悟。南墙是要自己撞上去的，人生才有意思。

答：**道理不是光用来听闻的。**听一段道理太轻易，而任何改变都不容易。**要在实践中去经历反省、思考、体悟、生长，直到道理变成真正的经验。**撞墙也并不有趣，最好能够学会如何正确地走路。

9. 在生活没有压力的时候能够做一些浪漫的事，拥有坦然自处的心态，便以为自己豁达。后来发现一旦遇到不顺，未来迷茫不清，就无比焦虑痛苦。是得失心太重的缘故吗？

答：不够有定力。也没有在纷乱变动中依然处于平衡的智慧与能力。这种智慧与能力需要学习才能得到。

10. 这个世上是否真的有某些超越现实的奇特力量或感应？如果有，应当如何解释？

答：它们不需要被解释。只在于我们是否能够与之对接与沟通。

11. 自从明白"人的一生要在工作中度过"后，心里一直无法接受。毕业马上一年，刚丢了工作，不想去找工作，也不知道自己想要干什么。

答：人成年之后是需要责任心的。责任心意味着，依靠自己的能力独立生活，不给他人增加麻烦，不管对方是亲人、朋友还是陌生人。**总之，对自己的生命负担起全部责任，而工作是责任的一部分。**

12. 没有什么高大上的问题，就想问一下作文如何拿高分。

答：写出好的文章需要见多识广、心思敏锐、有情有意、日积月累的学习与训练。但这未必是为了作文得高分。得高分是一种目的，而不是奖赏。

13. 不与他人争论，却被认为是好欺负和懦弱。不想纠结于不合适的人际关系，却被他人纠结着。如何能够脱离？

答：他人并没有我们想象中那般地在意我们。通常是我们自己太在意他人，并把他人的反应与评价等同于自己的真实，并且**看得过重。人与人之间是平等的，所希望得到的快乐，所渴望避免的痛苦，本质上都是一样的**。能想到这些，你就会觉得与他人的关系轻松很多，也会更加懂得如何去对待他们。

14、 怎样面对孤独，以及人生的意义是什么？

答：孤独是心灵不可缺少的一部分，而与他人发生各种关系与联结，也是心灵不可缺少的一部分。**我们需要独处，也需要分享、交流、付出、获得**。对孤独可以坦然接受，独自一人时能平静自如，进入人群时也内心安宁。人生的意义仅限于思考很难得到答案，需要在行动与经历中去获得真实的认识。

15、 如何正确处理兴趣爱好和谋生手段？

答：工作最好是能够包含自己的兴趣爱好，兴趣爱好中通常隐藏着天赋的种子。如果能在工作中发挥出本有的热情与创意，是美好之事。但即便不能获得，在谋生的职业中也应具备根本的责任心，认真地把事情做好，而不是三心二意、得过且过。

16、 如何尝试去做对这个社会有益的事情呢？

答：从力所能及的小事开始。在公共场所，开门时如果看见有人跟在身后，帮他留一小会儿门。有人问路，耐心回答。让座，帮人提重物，有什么举手之劳顺便做起来……可做的细微小事数不胜数。

17. 我今年大二，不曾真正谈过恋爱，怕慢慢地自己会将就。觉得真爱很难遇到，我该怎么摆正心态不将就而慢慢等呢？盼回。

答：只有明确无疑的因缘会让我们很容易地遇见爱人。但很多人未必能够在很年轻时就顺利遇见真爱。**遇见真爱需要资格。**有时兜兜转转走一条长路之后，才会真正明白爱的真意。

18. 大学女生应该如何经营自己？（很迷茫，略自卑，多愁善感，爱文学的）女生如何才算对得起父母？

答：成为一个善良、真诚、温柔、宁静的女人，比什么都重要。这是永恒的美感。也要持续努力地学习，有上进心，去获得更多力量。

19. 我是一位单亲妈妈，独自抚养孩子，这期间孩子很少与父亲接触，性格内向，胆小，我很担心时间长了对孩子不好，又无能为力。被伤得太重，不想再婚。如何改变现状？

答：发生的事情要接受。接受的同时也不必对自己下定论，或维持某种固有的负面观念。因为，一切事情与状态总是在发生变化，要随顺因缘，随顺变化。孩子目前面临的处境，需要母亲做出更多的努力。调整身心状态，尽量让母亲的力量带给孩子正面的影响。**调整好自己，孩子也会被调整。孩子与父母的自身状态密切相关。**

20. 到底什么是朋友？如果雪中送炭不是必须，那么朋友是什么？觉得很多人都走不到自己心里。

答：**良师益友的作用是提高我们的认知与心智，帮助我们的精**

神与意识提升。不管他采用的是锦上添花还是雪中送炭的方式。这是珍贵而高级的友情。其他是次要的。

21、父母给的不是想要的，想要的无法顾及父母。

答：不管怎样，你终究应让自己成为独立生活的成年人，有独立的经济能力，独立的思考体系。为自己去负责地生活。只有在这样的状态下，才不会受到父母想法的过多干扰，也免于被束缚限制。

22、到底书读得越多越明白，还是越读越糊涂呢？

答：多读真正的好书，这样不会糊涂。

23、感觉快抑郁了，想逃离身边的一切！怎么办？

答：逃不走。**我们所遭遇的一切，大多是由自己的身、口、意造成的**。

24、年轻人应该如何保持心境平和？

答：保持心境平和，需要懂得世间万物的一些基本原理，能在各种波动与发生中抓住要点，懂得如何保持平衡。**这与年龄没有关系，和我们的内心智慧有关**。有些人即便到了老去的时候，因为缺乏智慧，依然心意难平。

25、最近几个月跟人学炒股亏了大概六万，一个月工资只有六千，我的内心也很绝望啊，不敢告诉家里人，睡觉经常做噩梦，我该怎么办？

答：这个行为里面包含着贪婪、欲望。出于贪婪与欲望的选择，需要承担其代价。你已在承担代价。

26. 为照顾别人的情绪而委屈自己，这样对吗？

答：这种照顾是否具备正确的、必要的意义？

27. 一直在突破自己性格的极限，是否值得？不甘心自身缺陷带来的生活现状。

答：要努力，也要随顺因缘、因果。**有些事情需要接纳现实，并思考其背后的深意。而不是一味执拗地对抗。**否则不过是徒增更深的痛苦。

28. 奔三了，家里催婚。你说得到爱情需要资格，我至今还没有遇到喜欢的人。我是不是应该将就了？一个男生追我三年了，除去我不喜欢他，其他都感觉还可以，我应该将就吗？我不知道婚姻的意义到底是什么，希望可以在回答中找到答案，谢谢。

答：婚姻的意义在于个人理解。你需要一段灵魂对应的关系，还是一种在世间互相照顾支持的合作，这两者有些区别，通常也很少有完美的合一与兼备。因此对婚姻不必抱有完美的期待，没有人可以给予你所期待的，也许对方也正满怀期待而无法如愿。**在关系当中，首要的是拥有自己内心的充足和平衡。**

29. 彼此是朋友，但是我喜欢他，不知道他对我有没有好感，哪怕是一点点，还是只是把我当朋友？我该怎么办？要告诉他我喜欢他吗？

答：如果男性喜欢一个女性，他大多会选择自己开口。如果是温柔、善良、能够带给他人愉悦与宁静的姑娘，被告诉的把握则更大一些。

30. 如何让一场单人旅行散发它的价值？

答：**在旅途中保持观察与觉知，由外界万物提供的镜像潜入自心**，去获得更深处的感受、思考、对照、启发。而不是流于常俗，走马观花，漫不经心地打发时间。

31. 和家人吵了一架。能在家庭中感受到的幸福非常少。太想亲近反而用力过猛，无法顺利沟通，不知道如何去原谅家人和自己以爱为出发点的自私。所以说家庭这种东西究竟能够给人带来什么呢？稍微有点绝望。

答：**人的生命需要自己去照顾和开拓**。家庭只是暂时抚养人至成年的地方。最终我们应成为对自己的言行负责的成年人。**在一个家庭里出生、长大，最终是为了能够告别、出发。这是独立的意义。**

32. 该怎样处理和室友之间的关系？

答：多看对方的优点，忽略对方的缺点。多提供帮助，少些自私。控制情绪。这在任何关系中都适用。

33. 请问生命的局限性在什么地方？

答：在于我们必须接受因果，接受自己身口意的选择所带来的结果。

34▸ 一直以来都想活成自己想要的样子却又知世事并非如此，我们是为了谁而活？

答：我们可以活成自己想要的样子，前提是具备勇气。不随众而奉行个人意志的信念和价值观需要付出代价。

35▸ 以前读过你一些文章，里面曾多次提到"明亮的人"。想问问你，如何看待"明亮"这个词，或者，怎样才算是一个"明亮"的人？

答：**明亮的人，是把自己的心地照亮，再以此光泽照亮别人的人。**

36▸ 如何判断一个男生是否已经成熟？

答：他是否温和、接纳地对待身边的一切，不轻易情绪化和发脾气。会照顾好自己，也愿意去照顾他人。他是否有一种开阔而稳定的眼界与心胸。

37▸ 你写作时是通过怎样的途径积累素材的？

答：去经历真实的生活，充分地行动，感受心灵的历程，哪怕有些时刻饱含艰辛与苦痛。但不去回避，而是提炼萃取，观照内心，体察他人。对人的心灵具备恒久的尊重、敏感与探索。

38▸ 生养一个孩子之后，如何平衡与社会、与人的关系？最怕影响他什么？最想给予他什么？

答：生养孩子只是一段生活经历。作为母亲，基本前提是保持学习和完善自己的决心。对内的充盈，对外的付出。这段生活经历会让女性对生命变化有更多体会，也对情感有更深的理解。不影响孩子自有的生命节奏，保护好他们天性的种子。**给予孩子充分的自由与空间，让他们获得生长。**

39，怎样才能忘记一个伤害我的人？

答：每个人与我们自己没有什么区别，都有自身缺陷与弱处。一些被我们定义为伤害的事情，有时是站在自己的角度去判断的（极端暴力和迫害除外）。对待情绪或情感上自觉感受到的伤害，需要一些更为立体、多面、整体、客观的立场。

40，怎样更好地修心？如何让心灵自由有趣？

答：这是一个复杂的问题，包含大量古人的修行窍诀与心得。而他们付出了非常长久的时间学习与训练，并一世世地传承……我们难以轻易获得，也无法三言两语说尽。只能亲自出发，亲自去体验与探索。

41，女孩子如何可以有重量呢？

答：减少物欲。减少对他人感情与物质上的依赖、索取之心。减少情执和情绪化。保持学习，认真工作，善待他人。

42，想了解一下你对孩子将来成为一个什么样的人有什么特别的想法。

答：**我信任她自己的生命蓝图早已包含所有既定的线索，一如信任我自己的。**所以，就只是照顾至她成年，并没有什么特别想法。

43、 怎样消除恐惧呢？

答：问问自己，害怕的是什么？**它们是真实的，还是只是你想象中的？**

44、 世俗烟火与清净的诗意的精神世界如何平衡？

答：在现实中负担责任，把事情尽力做好。不被世俗事物及随之引发的欲望与妄想所束缚。

45、 什么样的友谊才能真正长远？

答：能够带给对方心灵上的启发，帮助彼此精神成长、提升，有着方向一致的价值观和信念。这样的友谊才有可能长远。

46、 一个人自知有妒忌之心，却不能自制。应该如何？

答：在嫉妒发生的时候，即刻察觉这种情绪，察觉三次，告诉自己，它在发生，它在发生，它在发生。然后对自己说，这种情绪如同毒液伤人伤己，没有任何好处。最好是尽量完善自我，并随喜他人。

47、 人到底为什么活着？

答：具备人的身体极为珍贵，只是我们无法体会到这一点，也不太清楚具备之后到底该如何使用它。**此生是一次难得的机会，去学习、探索、体验、完善。**以便让心识升级。人身会消亡更替，但我们若有关于永恒的信念，有限的人生就可以为无限的心识服务。

48、 当因为有能力而被别人讨厌的时候该怎么办呢？

答：发展和使用能力，同时尽量地保持谦虚与低调，要帮助他人，而不是扬扬得意或居功自傲。过于高调的言行会让人起不悦之心。

49、 怎样培养定力，获得平衡的智慧和能力？

答：踏踏实实从小事、小处开始，随时随处训练自己，学习一些方法。去做，而不只是去想。

50、 出来工作后，会遇到这样那样的人。不管是工作上还是生活中，都遇到很多欺软怕硬的人，对待忍让的人得寸进尺，当你强硬起来，表现得不是那么好欺负的时候，对方马上变了一副嘴脸，不敢再冒犯。

答：什么时候有所退让，什么时候应该强烈地克服，需要具体情境的衡量与判断。**善良并不是软弱、愚笨。善良需要更多的智慧。**

51、 这是我第一次提问，是个很肤浅的问题。当你对现在的自己各方面（外貌、学识、心态）都不满意但又无力改变时，该怎样去摆脱自卑，与自己和解？

答：你为何会觉得无力改变？学识不够，可以立即开始学习，先每周认真深入地读完一本好书，写一些笔记与日记。买些好看的衣服，保持洁净，多微笑，锻炼身体。最简单的方式也可以像我这样，每天走五公里。留出一些时间独处与静坐，学习使用具体的修行方法去检查与观照心念……这些细微事情，何时何地都可以开始，坚持不懈，自然会慢慢带来改变。下决心去做，持之以恒。

52► 当环境和自己没有太多共鸣，是选择做自己还是融入环境？P.S.这种环境短时间也很难摆脱。

答：如果这种环境不能摆脱，我的建议是做自己，同时接受环境。接受的意思是不对抗，不消极，不执着于反感与烦恼。在环境中去培育自己并做好重新选择的准备。

53► 近日忽然对生活感到有那么一丝迷茫。一年前辞掉高薪的工作做自由职业、摄影、写作、策划、笔译（法语），坚持下来觉得挺好。可也因此和人的接触越发少了，家人觉得我年纪大了还不找对象，怀疑我不够优秀，怀疑我的生活方式出了错。他们的质疑在某些深夜会让我觉得难受。

答：**做喜欢并且擅长的事情，长远来看对生命有益**。做对自己来说具备意义的事情，有更多燃烧生命的可能性。但工作与人一样都没有完美的，选择都有它的利弊。做出选择之后要接受，承担代价。

54► 如何克服原生家庭的负面影响？

答：尽量获得经济与精神的独立，与家庭保持一些距离。而不是互相依赖、互相损耗。

55► 为什么中国的社会就是要结婚生子？心里好像极度渴望恋爱，找到那个对的人，但是又嫌麻烦。

答：人与人之间在现实中发生的关系，通常都会有麻烦与问题产生。需要我们敞开心扉又有所克制。恋爱、婚姻、同事、同学……哪怕只是公共交通工具上认识的陌生人，如果人不懂得如何与自己相处，通常也很难与他人相处。

56、特别想死怎么办？
答：那样的时候，通常心里只有自己，没有想到过他人。

57、丈夫出轨，如何调整心态？
答：在男女关系中，需要对人性的复杂与虚弱有一定的理解深度。没有人被规定一生只能爱一人。**事出必然有因。**

58、缺乏自制力，时常缺乏动力。
答：人的自制力与行动力，需要通过学习与训练去启动与强化。不是生来就有。

59、越长大越难信任一个人。感觉要失去信任的能力了。这种感觉很不踏实。曾以为最懂我、交心多年的人，突然觉得对方是个骗子。可悲。为什么会这样？
答：人常说自己受骗，但通常是自己的问题引来欺骗。观照一下自心，是否有贪婪、虚弱之处。

60、找不到自己的价值怎么办？间歇性觉得活在世上没有意义。
答：很多人都会间断性地出现与你相同的感受，并不是唯独你。因为人世的问题与苦痛层出不穷，人的内心的烦恼与冲突

也是此起彼伏，这是所有人都在承担的问题。**我们活在世上正**
是为了学习与通过考验。

61、如何判断正在做的事情有无意义？

答：体会这件事情带给内心最深的感受，是像棵树一般，脚踏
实地而又持续性地获得生长，能够给予心宁静、喜悦与自足，
还是一种不安、空虚而焦灼的状态。思考这件事情是否能给自
己带来帮助，也对他人产生帮助。不管这种帮助是有形层面还
是无形层面。

62、请问如何可以增长智慧？

答：要懂得信息与知识、知识与智慧之间的区别。肤浅收集和
深入探索的结果是不同的。心力需要足够专注、有强度，需要
去学习、钻研真理，才能靠近智慧。

63、如果找不到填补内心空白的东西，要怎么办呢？

答：内心漏洞只能自己负责去填补，没有外人或外境可以代
劳。**外人或外境的状态，有时也是内心的投射。**

64、刚在国企工作半年，这半年从入职到适应，除了日常上班还需
要接受国企的人情世故，有时候觉得很浪费时间也很无趣，这
却是我那些师父口中的国企生存之道。请问，在适应这样的工
作的同时如何保持自我内心的坚守，拒绝不喜欢的事情？

答：在生活中，先尝试正面地理解与看待自身与环境、他人
之间的互动。不要一开始就在心里抱有抵触和戒备。**真正开放**

的心轻松自如，按照当下之状况和遭遇的发生，选择进退。**不变的是保持平衡的中心点。独立，善良，为他人考虑，有理解力，懂得容纳。**任何时候，智慧与慈悲都是我们最好的工具。

65、很多人说"婚姻就是一场长期的卖淫"，你觉得婚姻的本质到底是什么？

答：这句话过于负面，应该丢弃。**婚姻不仅仅是两个人情爱关系的延续，还是两个生命在一起经营管理。经营管理需要头脑与冷静。**婚姻涉及家庭运行、照顾老人、养育孩子、彼此的发展与完善，是一件重要的需要持续付出和增强力量的事情。

66、怎么看待"我们随着年龄的增长，终将变成自己曾经最讨厌的那种人"？

答：网络上那些不明所以的热门句子热衷给人洗脑，但事实上毫无价值。**真正的价值需要自己去践行，得到内心确认，而不是人云亦云，不做思辨。**人可以成为自己想要成为的那种人，但需要付出努力及有坚定的意志。

67、一个人怎样才能假装不被世俗化？明明知道心之所想、心之所向，可是和周围的声音不相符，有时靠意念支撑着向前，有时只想停在原地不动，时而努力时而堕落，高度纠结却无能为力。

答：假装是因为没有真正的确认。当我们对一种精神或心灵的价值观有真正的认知与赞同时，自然会身体力行，哪怕一意孤行。我们对自己的生命存在负全责，又与他人、外境互为一体，不分彼此。做好自己，也是在为某种久远的集体或前景承担责任。

68、 如何在平凡得不能再平凡的生活里不落后于社会发展？有的人有唯一兴趣进而深入追求，我有些泛泛浅层兴趣，但是一直找不到想要深入的兴趣。

答：先把平凡得不能再平凡的生活过好。**为父母或爱人认真地做一顿饭，独处时满心宁静地为自己泡一壶茶，给朋友写一封信，把应该做完的工作做到周全完整……生活最终不过就是由这些细枝末节组成**。做好当下每一件事情的人，是努力的。但我们基本上很难做到。撇开这些，也不用再去说其他的那些。

69、 你去过众多的地方，怎样去克服旅行中的不安全因素呢？我是一个刚成年的女孩子，想要去看看更多的地方，但是父母和自己都担心出行安全。

答：尽量避免独行。不去危险与偏僻的地方。心念慎重，不言行轻佻，不自私无礼。

70、 高考没有考好，脸上有点挂不住，陷入一种想证明自我的弱者心态中，怎么办？我相信不是我一个人有这样的问题。

答：高考是人生需要经历的一个阶段，但不是全部。人需要发现自身天赋。走属于自己的路，哪怕是单独小径。**重点在于如何去开发与燃烧生命**。

71、 如何才能与自己向往成为朋友的人成为朋友，消除朋友之间的隔阂，让友谊保鲜？

答：友情最好顺其自然。彼此都有兴趣，互相付出和给予。朋友之间，不自私自利，这条小船就不会轻易地翻倒。随着状态的变化，友情会有更替。**放松一些看待人与人之间的缘分。有过彼此照亮的时刻就是珍贵。**

72. 我觉得我的父母都不是我很尊敬的人，只是因为生养的关系要关心照顾他们，二十岁的我完完全全可以长时间不与他们有一点联系。父母于我，之间的关系不愿违心，也不愿违背道义。我如此想法，是不孝顺的想法吗？

答：你已经想得很清楚，不违心，但也不违背道义。记得照顾好他们。人与人之间有不同的缘分状态，无须强求。

73. 既然生命过程实属无意，我们为什么还要活着？是为了燃烧，为了实现肉身赋予的使命来实现社会价值，还是为了身边的人因你的存在而离苦得乐？是否可以选择弃置一切当下就走？

答：活着是为了让心识升级。如果你对生命的架构有整体认知，会知道每一个生命都有它的意义。人身难得。

74. "知道很多道理，却依然过不好这一生。"对这句话，你怎么看？

答：**收集道理却不用身心去实践，道理就只是道理。**

75. 容易看到别人做事背后的私心动机，这种心态导致和人有隔阂，也容易看到别人不好的一面，尤其厌恶他人身上和自己相像的部分。那么该如何与人很好地联结？

答：少看缺点，多看优点。看到缺点能够接受，忽略不计。看到优点，多感恩。

76、现在的生活不符合自己的理想，而且前途并不明朗，应该怎样选择呢？

答：走到远处需要过程，用自己的脚一步一步往前走。如果认真地走，努力地走，路会延伸。消极与期待是无用的。

77、想请教一下，什么情况下，你觉得可以去成为一个母亲？物质条件比较动荡的情况下，能否去怀孕？如何成为一个负责任的母亲？我指是在精神上，我们可以给予下一代什么。

答：需要物质条件稳定，母亲的心智比较成熟。要懂得如何面对和处理情绪，这样才能更好地去照顾孩子。养育孩子不是为了填补自心空洞，不是为了情感满足，更不是为了所谓的延续基因。是为了能够让他成为自益且益人的独立个体。

78、爱情一定是建立在物质基础上吗？

答：看你所求的是什么。爱情并不复杂，是我们的欲求让它复杂。

79、你说，无事是平常且正当的一种状态。那么，你是否同意浪费时间，浪费很多很多的时间？

答：无事，不是指不做事情，而是不管是做事还是空闲，保持内心清净，不生多余妄想。

80. 有哪些好的育儿观念或方法，在您个人的实践中被证实是对孩子切实有利的？

答：给予孩子安静、独立的空间与时间，不去过多干扰和控制他。让他的心性能够像种子一样，在自由自在的土壤、阳光、空气中生根发芽、开花结果。**如果能这样去做，至少他们能够活成真正的自己。卸除父母心中过度的恐惧和期待比什么都重要。**做好自己，尽量去调整与学习，让自己也有持续成长。

81. 庆山，很期待你出一本关于孩子的书！我的孩子不到三岁，独生女，现在什么事情都要争第一，跑步或者其他闹着玩的比赛，她都得是最棒的，不是第一，她就不玩了。这该怎么引导呢？

答：可以暂时什么都不引导，她年幼，会有一个自我琢磨、调试的过程，会有变化。要注意的是身边成人的言行举止、心态与个性，因为这会给孩子带去潜移默化的深重影响。

82. 爱情是天长地久还是曾经拥有？

答：**我们得到怎样的结果，在于曾经播下过什么样的种子，**又是如何去照料和培育它的。

83. 不喜欢与人来往，但自己又太孤独怎么办？

答：试试去帮助别人，关心一下他们的内心感受，提供一些帮助和快乐。

84. 太怕面对现实了，一贯只会逃避怎么办？

答：认认真真做好一件工作、悠然自得地享受一杯茶、心平气和地收拾好自己的房间……用这种态度面对任何发生。

85▸ 毕业两年了，没有什么成就。初次创业，以失败收场，感觉难以面对周围的亲人朋友，似乎每个人都在以嘲笑的目光看自己。想独自去旅行，找到自我，却没有勇气。求解。

答：人生的路很长，不能急于求成。脚踏实地，老老实实地往前走，路自然会往前延展。休息一下，重新再来。

86▸ 和同性恋爱，很害怕现实和将来，但是因为太喜欢还是在一起了，对于现实的困难该怎么办？

答：享受当下，不必多想。人与人之间彼此能喜欢多久还不知道。

87▸ 你写《七月与安生》的故事时，是不是也遇到一个朋友，在她身上看到了自己的影子？是不是每个人都会遇到一个这样的人，她是另一个你，你们有着默契的共鸣？

答：故事里凡涉及对照关系的，比如七月与安生，《莲花》中的善生与内河，《春宴》中的信得与庆长……可看作人内心的一些不同分身。这些分身有些来源于我，有些来源于我所感受和了解到的他人。人的内心具备不同的分身，有时它们产生冲突，有时一起促进，互相辨认、对照。**写作的过程，对我来说，也是去充分认知内心的各种特质与冲突，对它们加以处理的过程。这也是一种修习。**如此逐渐得到的成长与完整，对读者来说是心路的阅读，也会得到启示。

88、可以分享你最近的作息时间表吗？想知道你每天如何安排自己的时间。谢谢。

答：如果在家里，早睡早起，步行，锻炼，做功课，工作，读书，做家务，与孩子相处，与自己相处。有时会去郊外看荷花，与朋友喝茶，看一部好电影……觉得时间过得很快，要做的事情很多，会列出每日待完成事项。**如果开始写书，每天八个小时只用来专注工作。如果出门旅行，就只是专心行走。**

89、如何去了解自己的优势？

答：去看有哪些事情，自己做起来不费劲却能做得很好。

90、怎么能让自己所做所想少受他人，尤其是身边人的影响呢？

答：要有自我判断，有自己的价值观。得到这些需要增长智慧。否则很容易被人群与潮流煽动、误导。

91、真正的感情是否需要绝对的忠诚？

答：在彼此提供满足与安宁的关系里，会有自发的忠诚。如果有缺失，不满足，强求无用。**忠诚与否是一个结果，而非目标。**

92、请问，您觉得女人应该嫁给岁月、爱情，还是现实？

答：女人先嫁给自己，懂得如何与内在自性合为一体，阴阳平衡，内心饱满而宁静，有好的心境与他人对应。如果有了这样的准备再去嫁给其他的事物，它们也会一样美好。

93. 每个人似乎都有一段似梦魇般的经历，无论如何也不敢回首，也许还在逃避。请问如何能真正释怀？

答：只有具备真正的理解力，全面地观照，抵达一定的深度，才会产生真正的原谅。否则，依然会被狭窄而限制的知见或习性所干扰。**我们的愤怒或悲伤，通常是由内心的限制性而决定。**

94. 人际交往在日常生活中到底重不重要？独来独往的人性格会更坚强吗？有时候独自做事，在碰到有同伴的人群时，会有些拘束。

答：为他人有所付出、分享，这是沟通与互相联结的关键。若有集体合作，更应该彼此关照与配合，但也需要保留独立判断和个人意志。

95. 怎么自然融洽地和别人交流、说话？感觉自己有交流恐惧症，看到人就想躲，不知道怎么开口交流，感觉不自信。

答：大家一样的，或多或少都会觉得紧张，这样想想，其实就已经不紧张了。多说说，有一些练习。**开口说吧，说些诚恳、朴实、对他人有益的言语。**

96. 你说人与人之间珍贵的是照亮对方的一瞬间，我想知道怎么创造这个瞬间。

答：**像明月投影在净湖中，月很明，湖亦净，就会自然地彼此照亮。**

97. 我不想要孩子，觉得没有那么多能量分给孩子，我老了真的会孤独后悔吗？

答：老了的事情以后再想，不必多虑多思。先增强自己的能量。**想法的角度会随着自己能量的提升而转变。**

98. 怎样能对写作保持一颗不气馁的心？在写不出来时怎么化解？

答：写作如同爬高山，爬一阵歇息一下，看看风景。山越高，越需要忍耐与坚持。不着急，也不灰心。这是一段磨炼与享受并存的过程。

99. 是博览群书，还是读自己喜欢的书？单单只想选取方向比较相近的，比如关于自然的书籍，偏人性的，偏神性的。是否还该选取一些偏理性的，加深看待问题的深度？

答：书的种类与数量太多，所以不要漫无目的，以免消耗时间。阅读不但是打开书，更需要在读的时候理解与吸收。我的建议是，按照主题有系列、有次序持续深入地读书。这个主题可以是因为工作、学习而需要，也可以纯粹是出于兴趣与爱好。

100. 一个安定的、平静如死水的未来和一个奔波的、前途渺茫的未来，选择哪个？

答：看你下决心和付出行动的力气有多大。

第二辑

单纯的行动
只是去做

IOI﹒异地恋应该怎样比较长久？

答：结束异地恋会比较长久。

IO2﹒年少时喜欢上一个人，爱而不得，要如何忘记呢？

答：即便没有得到，也是美好记忆的一部分。关系若只以得到
与否作为标准，未免功利而乏味。**我们在情感中得到的最大收
获是从中体验到爱的真意。**爱是对自己、对他人的一种滋养。

IO3﹒我总是有被困住的感觉，尤其是在窥视他人生活的时候。想去
旅行放松自己，却没有充裕的时间和金钱。有时候觉得如果踏
出去，再回到原来的生活会变得无所适从。不知道如何解决。

答：他人让你窥视到的生活不一定是全部现实。在精心粉饰的
表面之下，人人都有自身需要面对的处境，困难是有形的也是
无形的。大家都一样，因此无须羡慕或仰望任何人。旅行也不
是必须飞机火车赶去远地，看一眼被热捧的风景。**哪怕只是走
到附近花园认真欣赏一株挂着累累果实的柿子树，体会到它的
美，心就已远行。**如果心能够开放，能够安宁，我们随时随地

都可以获得美景。并且，在没有真正的行动之前不必思前想后，单纯的行动只是去做。

104. 为何人对人会如此恶毒？

答：身心完善的人，能够把自己的内心与情绪处理妥当，很少会对他人产生强烈冲突与波动，也没有因贪嗔痴生发出来的各种不当言行。有恶意的人，通常他自己也会被这火焰炙烧。保持怜悯。

105. 累了的感情可以挽回吗？

答：如果感觉到需要挽回，差不多已临近尾声，不如顺其自然。建立关系是为了享受它，得到它的助益与滋润，让自己的心识得以提升、开发。没有这些，要它何用？

106. 我从未想过伤害别人，只是把爱与性分得很开，这是对的吗？

答：可以有自己的方式。但涉及对方，最好事先把规则讲清楚，达成彼此共识。

107. 怎么样才能让别人认同自己喜欢的东西呢？

答：人的喜好，无须说服他人认同。可以寻找同类。

108. 我们俩总是在吵架，但是我们都互相爱着对方，怎么样避免吵架？

答：无关紧要的事情可以退让。如果只是想改造对方，让对方顺服自己，事事强求，吵架会随时而起。**让对方做自己喜欢的**

事，让他成为他自己。

109、为什么感情都会经历从热烈到疏离？

答：如果两个人没有广阔的共同目标，同行时不免渐行渐远。就如同去一个地方，目标一致、同心协力的旅伴才会走得比较久。而如果只是随便走走逛逛、漫不经心地看看风景，通常走着走着就散了，也不知道究竟要去哪里。关系若存在精神层面的共同目标才会长久。而俗世中的大部分关系，通常更看重物质、肉身、外形、虚荣，缺少这种内在的真正联结。

110、可以分享一下你的婚姻观吗？

答：不要妄想在婚姻中得到物质保障、情感依赖、忠诚不渝、朝朝暮暮……诸如此类，只是想象中的戏剧。通常一些商业偶像剧会煽动这种妄想，但那只是表演。**现实生活中，婚姻需要用理性、智慧、慈悲、牺牲去维持。它并不容易。**

111、怎么样可以让自己气质优雅？

答：有时看到那些不急吼吼地索要或占便宜，或想要的东西不太多、欲望比较少的人，哪怕他没有太多钱，看起来也是很优雅的。

112、怎样才算爱一个人？

答：**没有试图把他当作一个工具为自己服务。**无条件，对他保持善意与祝福。愿意他得到自由与提升。

II3、 你觉得某人的抄袭事件，现在的性侵事件是真的吗？某人出轨你怎么看？这两个人你觉得谁更好？

答：我不了解他们，无法作答。而且，你觉得外界是非无论真假，跟自己有什么关系吗？不如关心一下自己的工作或学习是否已处理好、爱的人有没有什么需要被照顾的地方。这些关心更真切。爱惜自己的注意力。

II4、 为什么这个世界总是有人喜欢摆架子，用贬低别人来凸显自己的聪明、优越？尤其是那些职位比别人高一点的人。

答：人如果一贯受到他人的奉承与迎合，就会被这种内心局限。**我们在生活中稍不留意就会陷入坐井观天的模式与习惯，只有具备智慧才会看到更长远、更广阔的地方。**知道万物都是一体、一源，无分别，心生慈悲，有感同身受的能力，这样的人会自然心生敬畏与谦逊。

II5、 怎么摆脱恐男、厌男、仇男情绪？我也想世俗地恋爱结婚生孩子，又觉得女性各方面都不被平等对待，从心底仇视他们这个群体。

答：曾经有人这样说过，在这个世界上，女人要尊重男性，男人要为女性服务，才能建立起一个良性的循环。当今社会，事实上常会见到一些女性不尊重男性，仇视男性，同时又在金钱、经济上依赖与期待男性，在情感上要求绝对彼此专属。男性的倾向则是物化与蔑视女性，不尊重女性感受，因为自身缺乏觉知，无力去深度理解与照顾女性。这就是彼此的恶性循环。**对你来说，也许不应对自己理解不清楚的事物轻易产生仇**

恨。**也不要随意得出负面结论**。这样对自己的人生会比较好。

116、在这个以瘦为美的时代，会对自己的身体形象感到焦虑，有的女生甚至因为他人的评价对自己的身体感到羞耻，因为节食和过量运动引起进食障碍。要怎样对待这些问题？

答：注意我们对食物的态度。规律而适度地进食，吃健康、干净、新鲜的符合身体特质的食物。尽量自制食物。早起运动，保持平衡而稳定的心态。

117、如何忠于真实的自己？

答：即便在集体无意识洪流的推动中，**也不做违背本意和本性的事，不说违背本意与本性的话**。

118、如何可以长久保持写作的热情？

答：写作需要被读者看到。同样，画一幅画，创作一首曲子，也需要他人去观赏，去倾听。艺术是人与人之间无形的心之交流。如果写作得到相印，得到回声，写作的路就能走得远。没有读者，写作者也许会改行，去做其他不相关的事情。写作的意义，在于心与心之间的信息传递与情感联结。如果作者能够专心致志地做这件孤独的事情，一定是感受到了读者的情感。这是最大的支持。

119、想问你如果没有走上写作的道路，觉得自己会选择怎样一种生活？

答：我二十五岁开始正式写作，大半生都以写作为正业，并得以与很多人的内心建立起深刻的关系。我感激这一切，没有想过其他的生活，也不认为人有选择生活的这种绝对自由。我们只能按照自己的天性和使命，按照自己身语意的轨道与当下状态，**去顺其自然地生活。最好是清醒而觉知地去生活。**

120. 到底应该"把不喜欢的事情做好，以后才有资格去做喜欢的事"，还是应该"不要浪费青春，去追求自己想要的"？

答：如果能够把不喜欢的事情做好，喜欢的事情到来的速度会快一些。因为你的承担力能够与它相称。

121. 因男朋友觉着性格不合适而分手，我始终不能释怀。爱情应是相互磨合的过程，为什么一句不合适就切断所有可能？

答：人与人之间的关系，需要给对方留出时间，进行磨合，以及做出调适，若能实现互相理解与接纳，关系也许会持续。但现在的感情关系，大多倾向即时满足、单向满足。如果对方不符合自己的期望或喜好，其轨道通常是失望、指责、缠斗，一走了之。而忽略了情感的流动需要耐心，需要时间，它具有持续转换与深化的可能。**我们对待事物不珍惜、不等待，通常得不到甜美的果实。**

122. 人是否真的有来世？

答：这很难考证。只能立足于你是否相信。

123. 如何跟一个很爱却不合适的人分开？

答：找一个很爱并且也合适的人。

124. 修心，修身，修为，可有顺序？还是同时进行？

答：身口意需要统一相应，而不是自相矛盾。需要一起来。

125. 人到中年为人母，现在孩子面临学前，忽然发现教育孩子很难掌握一个度，连批评都不自觉地给孩子带来了伤害，事后又懊悔自责。请问该如何掌握这个度，既能教育好孩子，又不伤害孩子？

答：涉及品性、心地、价值观的问题，需要在孩子犯错时及时纠正，给予指导，其他方面可以给予孩子足够的空间，给予他自由、安宁。这样，他自己会在犯错的过程中去体会哪些可以做，哪些不可以做。强制及过于周到的照顾，是一种控制欲。**不如静静地看着孩子进行自我探索，在他需要的时候拉他一把。**

126. 世间一场幻化，我们怎么去界定哪些是执着，哪些是努力？我们学到的道德和生活的规矩，哪些是束缚，哪些是真理？哪些有意义，哪些无意义？要依靠什么而活着？

答：问题很好，但无法用三言两语来答。有些问题不需要答案，也没有答案，因为值得用一生的时间去实践，去辨别，去求证，去确认。这样的一生即便会体验到很多艰辛、挣扎与用力，但自有其意义。**这是自我完成的过程。**

127. 我是从《眠空》开始了解你的，时不时地看，反反复复刷了三遍。前一阵子看了《春宴》，正在二刷。今年生日想给自己买一本你的书，想试试看《夏摩山谷》，但看网上的反响，怕自己读不进去。应该买哪本呢？

答：阅读只能是一种私人选择，人在理解力、心智成熟度、阅历、学识，以及对阅读的消化与吸收能力上有很大差别。你是在和哪一类人等同呢？人只能做自己。**要知道这本书是否能够真正对自己有益，只能亲自翻一翻，读一读。**能读得进去是收获，读不进去就先放下。《夏摩山谷》结构与内容复杂，对读者有一定要求。一些人在读了十几页后对它迫不及待下论断，放弃阅读，一些人则读了又读，反复不倦。你只能在实践之后才会知道自己属于这里面的哪一类。

128. 最近沉迷阅读《夏摩山谷》，很喜欢。是关于生命的问题，关于心的问题。亲爱的安妮，人是要尽量消灭自己的欲望吗？还是你觉得适量的欲望也是有好处的？

答：我们有了肉身存在，只能为它有所服务，欲望是满足和服务它的一部分。适度的欲望可以激发积极的创造力与生命力。要注意的是泛滥、贪婪、执着并且无觉知的欲望。它会让人的生命失去灵性，被捆绑于物质世界。

129. 性爱是男女亲密关系的必需物吗？一个男人以整天出差、忙碌、为家里赚钱为由逃避性爱，这如何是好？

答：性爱是一个礼物，它不应被认为是理所当然的给予。作为礼物，事实上它对双方都有一定要求。我们不可能强制对方，而只能是让对方在爱的心念中给出礼物。

130. 我总是怀旧怎么办？总是想起以前的人、以前的事，梦里还能相见，突然醒来已经泪流满面。当从梦境回到现实，那种失落感更让我难受。

答：**过去无须追念，未来无须忧虑。观照当下。**

131、怎样有效地阅读，并且记住重要的东西？

答：阅读需要保持专注，心无杂念。画出重点。最好是能做笔记。在重新整理笔记的过程中容易记住重要的核心观点。

132、你给了恩养一个很好的家庭环境，但现在和恩养同龄的孩子都在学雅思托福、参加出国夏令营，对于培养孩子的社会竞争力，让其成为真正享有高等教育资源的人这件事，你不会有所动容吗？以后毕竟要走入社会这个修罗场。

答：如果父母对孩子的控制欲和计划性太强，会不自知地忘记，每一个独立生命只能按照自己的天赋本性去自然地发展。**父母首要是过好自己的生活，管理好自己的情绪，增加自己的智慧，**而不是期待和强迫孩子。某种程度上，父母首先需要对自己有信心，然后才会对孩子有信心。

133、欲望是不是脏的？

答：欲望没有脏或不脏，它是中性的，只是我们的心在对其产生投射。当你认为它是脏的时，它就是脏的。

134、见字如面，安好。遇见一个美好的女孩，激起所有敏感的神经，忍不住以长辈和朋友的姿态靠近她，给她以保护和照顾。可我明白我们之间不会有除此之外的可能，也因这种注定没有结果的结局而感到失落和患得患失。想问怎么定位彼此的关系才不至于最后失落？

答：喜欢对方，保护或者照顾对方，彼此其实已发生交往与相处，这个过程本身可视之为结果。**闻一朵玫瑰的香气，享受这个珍贵的片刻就好。**如果产生占有的心念而试图把它移栽到家里，不管成功与否都会引发更多其他问题。我们得到一个结果，通常需要有因缘。不必强求。

135. 想问伴侣尤其是夫妻间，如何做到相互信赖又彼此独立？可以允许彼此有秘密吗？那界限又怎么界定？我想完全的信任和有防备的秘密是冲突的，这正是我所疑惑的地方。

答：如果人对自己的存在状态有信心，也会愿意给对方充足的空间和自由。试着减少恐惧和由恐惧而产生的控制欲。恐惧通常来源于我们在关系中的不安全感，不安全感来自没有好好地爱自己，无法由自己得到内心满足。不安全感还有一个原因是智慧不够。

136. "不得到地爱着"，感觉很难，但又不想放弃。如何是好？

答：**即便是爱而得到，一样会有很多困难的事情发生。**

137. 生命是一场巨大的幻觉。不久前的读者见面会上，您说现在想要如实地去生活。您觉得我们现在的一切都是真实存在的吗？眼前的一切是现象的聚合，还是实打实存在的？

答：**如实地生活，不是说认为一切都是真实存在，而是对遭遇的任何境况保持正念。**质朴、自然、脚踏实地、理性地去生活。

138. 是否有属于自己的信仰？有的话，如何找到？

答：不如说，我们首先应该让自己具备一定的信念。而信念需要人在心里有所准备，比如领悟、谦卑、清净与出离。建立信念也许是生命中最重要的事情。也很困难。

139. 十多年了！你的文字如同一堆火，温暖着我这颗敏感而孤冷的灵魂，对你的感激之情深藏于心，无以言表。痛苦的是，活到三十七岁，一直做着自己不喜欢的工作，又缺乏改变的勇气，日子过得捉襟见肘，对未来一片迷茫，该怎么继续？

答：人需要面对试炼，增强自我力量，没有其他途径。**如同攀爬一座高山。努力地爬上去，会看到不一样的境界。不努力，就是沉没。**

140. 很好奇，你有孩子吗？我很希望听到你说有，这么美好的人应该留存基因在世上。

答：我只是一个普通而平常的人。我有一个孩子，但并非是为了让自己的基因存留在世上。有没有我的基因存留，丝毫不重要。重要的是，我们如果与自己的孩子有缘，会对他们负有一定程度的责任。需要完成这些责任，照顾他们好好地长大、学习、独立，可以去利益自己、他人与世间。

141. 关于对恩养的教育，你最关注的是什么？

答：我关注她是否内心柔和、善良，是否能够专心致志地做些自己喜欢的事情。除了学校教育，也会引导她通过旅行、阅读、写作、创造，让精神与天赋的种子生长。**日后由她慢慢**

地、自然而安静地开花、结果。希望她掌握基本的自我教育与自我管理的技巧，可以通过思考、实践、自我摸索，去获得内心的发展和独立。至于其他，我没有管得很多。

142、我们是否最终都要回归普通的生活？

答：**爬过高山，游过大海，经历足够并保持初心不改的人，才有可能返璞归真。**

143、如何克服突如其来的烦躁与厌世之感？

答：保持正念，明了任何情绪、感受都会变化，起于我们杂乱的心流，也熄灭于此。它们并不坚固。因此不需要执着于此。

144、为爱情而死值得吗？爱情就是世界了，是全部的心了？

答：人在年轻时容易产生这样的妄念，觉得爱情就是全部。长大一些之后，会知道男女情爱也只是一场易碎的幻梦。醒过来，就知道并不是这样。**人不必死于自己的幻梦。**

145、该如何坚持一件很累很累很困难且不容易成功却值得的事？

答：一直坚持着。

146、对于频繁发生的性侵事件，庆山可否给女生抑或男生一些建议？谢谢。

答：女性要具备一定力量与明智，而不是对男性产生贪婪、欲求、期望、妄念，这种心的漏洞容易吸引伤害。至于男性，他们分成具体不同的类型，在关系中要去了解、分辨，而不是只接受男性的物质、权力与语言给予的诱惑。我们对自己最好的保护，首先是心生智慧。

147, 想了解你每日的五公里具体如何执行。另外一个问题，你多次提到"主题阅读"，可否详细介绍一下具体方法、步骤？非常感谢。

答：每天早起，快步行走五公里，有时一半快走一半慢跑。更重要的是一个小时之内，呼吸新鲜空气，欣赏树林、花卉、阳光、气候，感受动中静心的过程。"主题阅读"指的是，如果某段时间我对一个主题感兴趣，会尽可能多地收集与此主题相关的值得阅读的书籍，连续和深入地阅读，做笔记，整理体系和观点，把这个主题充分地认知与消化。

148, 不愿意将时间精力放在世俗琐事、是非八卦上，但又会因此遭身边人嘲讽、排斥甚至孤立，该如何平衡？

答：**走自己的路吧。人的时间宝贵。**

149, 怎么爱一个我现在无法得到的人？

答：不得到地爱着。

150, 如何修炼内心的定？

答：由戒生定。由定生慧。先开始训练自己对混乱心流的观照与管理。

151, 想问您的写作生活，是每天都一定根据大纲计划写定量呢，还是有灵感才去写？

答：在平时会注意累积素材，记录一些必要的所见所闻。写小说是个长期计划，需要事先搭建故事结构、人物关系，写出所有章节梗概，这些是为所要阐述的哲学观或理念而服务，不是单纯只为编造一个故事。事先的搭建在写作过程中会有所变动和改进。**职业写作不能只凭灵感，事实上它是极为理性的、需要周密逻辑和耐心的工作。如同独自搭建虚空中的宫殿，要考虑好从大局到细节的所有问题，也要有意志与信念去支撑。**

152. 你经历过低潮期吗？那些低潮的日子是怎么过来的？盼回复。

答：人都会经历不同阶段的低潮期。进入困境、感受苦痛、沉淀反省、学习调整，这是必要的生命过程。**有时越过山岭之后，才会发现进入新天地。这个阶段也会成为重要的分水岭。**烦恼即菩提。修行有时以烦恼、苦痛为道，它们不是坏事。如果最终有力量降服它们，这就是有作用的身心实践。

153. 爱上一个不该爱的人，不可能在一起，却也放不下。

答：因为彼此的缘分，在一起或分开也不是人所能自主，有时需要等待时间的答案。

154. 只想知道：如今这个时代有真爱吗？是不是深情都会被辜负？

答：不知道你问题中的真爱与深情是什么概念。有时我们举着一些美好的名词，它们却不过是自私、占有、控制欲、嫉妒和欲望的代名词。

155, 爱是什么？是工具吗？是途径吗？

答：有人说，爱是一种存在，是我们自身散发出来的香气。这个说法很妙。

156, 母亲是虔诚的宗教信徒。我相信每种宗教的宗旨都是教人向善，只是尚年幼的女儿问起是否存在诸神、祈祷是否真的可以实现时，与外婆产生分歧。不想要左右女儿的思考，希望她成年有健全人格之后再思索宗教是什么、真理是什么。请教庆山，与女儿是否有谈论类似问题，要如何引导呢？感谢。

答：对孩子不需要随便谈论宗教，他们还没有到可以探索哲学的年龄。但是可以告诉他们探索真理与智慧的必要，以及人拥有信念与精神生活的重要性。带领他们往求知的方向走。

157, "社会变了，世界没变。"你怎么看待这句话呢？

答：物质性的一切都会发生变化，精神性价值较为恒久。艺术创作也是如此。在我的观念中，作品理想主义的价值在现实主义之上。

158, 怎样才能喜欢上一个人并且长久地走下去？

答：喜欢需要彼此有因缘的种子。长久地走下去，则需要温柔照料这颗种子，仔细灌溉，给它阳光。**学会怎样以理性的方式让爱的种子落地生根，开花结果。**

159, 到底该不该坚守得不到的爱情？

答：**所谓坚守，也不过是画地为牢。自由多好。**

160. 你少年时的模样是怎样的呢？

答：我爱四处闯荡，愿意尝试，大概是胆子大的原因。

161. "不主动联系你的男生就是不喜欢你，你不清楚爱不爱你的男生就是不爱你。"你觉得这句话是否有道理？

答：有道理。但我们不必总是琢磨对方是否喜欢自己，这有些无聊。**不如做些能够让自己更加美好的事情，把这份美好与更多人分享**。

162. 渐渐地，我发现我好像没有生活了，只有孤寂。你怎么看这样的状态？

答：孤寂的起因通常是：总想着自己，很少想起别人。只为自己，很少为他人。

163. 问了很多次你好像都没看到，但是我不放弃。如果很想要孩子，但是这辈子没办法生了。没孩子，应该怎么面对接下来的生活？想知道你的看法。

答：接受改变不了的事实。孩子不是生活的全部，生活有很多其他更为重要的内容。努力工作，帮助他人，发展自己，与能够相爱的伴侣彼此支持、照顾。

164. 一个人知错却改变不了，该怎么办？

答：错会带来痛苦。等到痛不可忍，一定会改。

165. 什么样的婆媳关系才是最舒适的？

答：我个人觉得，如果是相爱的、沟通和谐的夫妻关系，婆媳关系也会处理得比较好。你会因为对这个男人的感激，对婆婆也产生感恩之心。如果夫妻关系有问题，婆媳关系中的任何大小障碍都很难有效解决。男人的角色在这种关系中具备影响力。男性的心态与作为会影响婆媳关系。如果对婆婆能够尊敬、感激，承担自己的责任并保持适当的距离，会比较妥当。**其实对待任何人，把他当作客人好好相待即可。**

166， 我不想等了，他和他现在的女朋友三年了。

答：浪费时间可惜。尤其消耗在一些不明智的事情上面。

167， 请问你是如何看待性与爱，以及两者关系的？

答：性与爱本应是我们与他人共享的礼物，但最后往往成为用来伤人伤己的工具。

168， 觉得自己没有想象中强大，自制力很弱，无法对自己狠一点，怎么办呢？

答：我们不舍得让自己受苦，有什么欲望就想即刻满足（现在社会也提供各种方便），这是人性的弱点。在物质时代，人更难训练自己的自制力、忍耐力、意志。堕落总是很快速，逆流而上需要付出更多力气。多想想如何逆行。

169， 如何放弃一个曾经对我很好，现在却不知道为什么对我不闻不问、让我照顾好自己的人呢？

答：人的感情易变，无常是常。没有什么稳定不许变的规则。

多查看自身原因。

170. 如何找一个自己很爱且合适的人？还是顺其自然地等？

答：找很难。一般都是顺其自然地来。干等也有问题，所有的结果都需要有因。**不如先撒播一些种子，比如心怀感激与善意地对待周遭一切。**

171. 当下人们普遍对金钱崇拜和痴迷，可心的寄托在哪里？我们如何做，才不会让自己成为越来越庸俗的中年妇人？

答：一个女人如果保持阅读、修行，活到老学到老，内心有力量，即便她头发花白、身形发胖走样，也是美的。**心的寄托在于智慧与善意。**女性能量对外界的影响极为重要，她是母亲，是大地属性。如果女性是求知、智慧、温柔的，会带给社会很多帮助。

172. 怎么说服我母亲，让她同意我的想法——独自过完此生？

答：可以由自己决定。不能过于依赖与受控于亲情关系。

173. 怎么治玻璃心？

答：多摔打几次。让它先碎裂。

174. 二十一岁偷尝禁果，被父母发现，被教导说女孩子不自爱，不会被珍惜，是这样吗？实际上我已经了解性行为除了疼，没其他的感觉，甚至有些罪恶感。正值青春时期的女孩子该如何看待性欲呢？

答：性、金钱的本质都不应该被加以判断，它自身没有对错或高下之分，只是一种存在。也没有罪恶感。它与我们如何去看待它、对待它、处理它的方式有关。与心有关。所以，有时它们是很好的礼物，带来喜乐与满足，有时它们又成为凶器，带来的损害不少。需要格外的小心谨慎，同时又不画地为牢。**真正能够处理好这些事物，需要智慧的累积。没有什么统一的简单的答案。这是自我探索的过程。**

175、你如何看待男女朋友之间甚至夫妻之间的"性"？

答：回答借鉴如上。人类对性的扭曲、压抑、滥用、利用已经延续世代。很可惜，它原本是用来繁衍生命的程式，也可以是彼此相爱的一束喜乐之光，却被人类当作交换利益或试图去控制与剥削对方的方式。如果它没有被正确使用，带来的大多是伤害。

176、想知道对爱人的身体是否需要保持绝对占有心态。

答：人通常连自己的身体都无法控制，何时生病，何时死去，无法得知。**为何还要想着控制他人的身体？**

177、阅读可以提升人的表达能力吗？

答：阅读可以增强我们表达的质量，使表达言之有物。前提是我们的阅读是有效的，得到消化与吸收，并因此让理解力与思考在阅读中得到强化。

178、即将三十二岁，单身的我应该如何做才可遇到互相喜欢并且可以一起的人呢？

答：**很多事情只能等待**。等待的结果分两种，如果你应该有，那么会有。如果还不应该有，那也许就没有。在等待的过程中只有一件事情可以做，采取行动，从各个方面完善自己，让自己变得更好，而不是无所事事，坐等一个完美的伴侣来拯救你。这是幻想。

179. 初入职场，进入一个新圈子，如何克服一切都需要从头开始慢慢搭建、慢慢维护的这种焦虑感与恐惧？

答：一、你身边的人其实都与你平等，不是只有你会产生这样的恐惧和焦虑。二、真诚、自然、善良地对待他人，不起恶意，多提供帮助。这样做，大体上都能应对。

180. 可以给一个二十四岁的年轻人一些建议吗？

答：多尝试。多吃苦。多读书。多做事。

181. 如何减少对他人美好外貌的执念？

答：喜欢美貌是人之常情，但不必对明星抱着膜拜痴迷的态度，更不必为别人虚假的美貌而感觉自卑。肉身外貌是物质，会变化。**把时间放在增加我们生命恒定性密度的事情上面。**

182. 你如何评价《与神对话》？

答：很不错的一个系列。不要陷入狭窄的宗教划分论，我们追求的只是真理。**广泛而深入地学习与了解，有助于消除偏见。**

183. 人的一生要提高心性，磨炼人格，也正是从生活所发生的事中有所得。但是当自己遇到某件事时，会觉得痛苦，这种自我和解真的很难做到。总感觉自己看不清事情的本质，心很迷糊。

答：如果能够看清楚事情的本质，即掌握一定量的智慧，会免去内心的很多烦恼、纠结、繁杂心流，以及伤人伤己的行动。处境与生活中发生的各种事，有时正好用来磨炼与考核我们。**烦恼是菩提。不要放弃受苦中的机会，这是很好的学习。**

184. 我只想说，在最矫情的时候，我不断地警醒自己，赶快多吸吸这人间烟火气。

答：世间的标准通常是颠倒的，一直被批判的"矫情"也许是人心难得保持的珍贵之物，是对自己与外界的觉知，感受的敏锐与丰盛。所谓的人间烟火，有时不过是随波逐流、麻木不仁。**你跟随自己走，还是跟着大流走？**

185. 人能自我进步，靠的最基本的是什么呢？

答：自我进步需要外界提供的资源与教育，但我认为更重要的在于自我教育。过于依赖外界、他人，会导致自我力量的停滞或匮乏。理论上的自我教育，需要主题集中的深入阅读。实践上的自我教育，是在世间经验或处理中去训练与调适自心。两个部分缺一不可，需要一个持久的过程。不要轻易觉得，通过几次课程或他人的三言两语，就可以改变自己。自我进步需要持续的努力与耐心。

186. 读书的意义是什么？

答：在于吸取有用的理论，思考它们、与自己的体悟相会。**书带来的知识不拘时空。读书能够增进智慧。**

187. 我曾经很想成为年轻时候徒步穿过各种偏远而美丽的地方的你，后来心却淡了。那样的想法似乎也只是成了一种想法，随着年纪越大，勇气反而小了。越来越害怕一个人，希望能生活在一个人群里，会有安全感。

答：被大流冲走很快速，保持勇气很困难。生活方式最终建立在心的选择上。如何保持这颗心的珍贵质地，如何发展它的潜能，拓宽它的方向，这些很重要。

188. 感情里必须有性才算真正的爱情吗？

答：有性比较好。性不是人的一生始终都能够存在的能量，在应该开花的时候，好好开花。可以结果的时候，安静地结果。

189. 如何打坐？

答：市面上有很多提供专业指导的书，可以去了解。如果没有太多时间、精力，至少尝试每天半小时或一小时，放下手机，放开俗务，有一个安静的空间与自己相处。这个作用是沉淀思虑与情绪，感受与本性联结的微妙处。

190. 怎样看待那些生来对世界有灵性的人？

答：也许是曾经摸索实践、做过功课的人。果实都不是凭空结出的。

191、也读过众多作家的书，可我觉得你的文字最贴近我心，这也许是人成长中的"缘来"，从中找到了自身的影子，或者只是有一刻击中了你的心，在你心底荡漾漾久久，我喜欢这种感觉，不仅是亲近同类，更重要的是借着文字搭建的桥梁，再稍加点悟，就发现了更美好的我。

答：通常，我们对一个作者的了解，如果没有经过深入的阅读会很有局限，对文字的感知则与自己的经历、思考力有关。彼此相应需要因缘重重聚合。**这是读与写之间珍贵的殊遇与缘分。也是阅读最好的收获**。

192、请问如何尽量保持持续平稳的心境？有时候会觉得一切很好，有时候又觉得一切都太没劲。虽然年龄增长，已不会将这种内心起落落实在行为言语上，但内心世界是真正要面对的。

答：外界境遇总是在发生变化，有时顺利，有时不顺利。大多数人的心会被外境影响和转动，有时狂喜，有时沮丧。**而经过学习的人，有一套心的自动平衡体系，善于观照，会比较稳定地面对外境**。这是"境转心"和"心转境"之间的区别。

193、想把初夜给他，却害怕自己会后悔，是不是我对他的爱还不够深？

答：在正常恋爱中，性是男女体验自身生命存在与能量交融的一种方式。**它不是交换条件**。如果不用它来交换，不管是试图得到物质，还是得到妄念中的始终不变的感情，何来后悔？但也不能滥用。记得它是珍贵的。

194. 付出的感情没有得到妥善安置，无比相信的和执着的最后被对方一手打翻，所有的失望与惊诧该如何消解？还是真的应该说，感情本就动荡，人心本就易变，接受这些，从而也成为冷漠之人？

答：所谓的相信和执着都是发生在自己的角度上。在感情中需要去理解对方的角度，他是否需要这些？他面对这些是觉得愉快还是烦恼？个体都是复杂的、变动的，背后有独特的成长背景和心理基础。**如果我们不具备去观察和理解对方的内心组成的能力，不过是在跟自己的幻想谈恋爱**。最终不过是失望。

195. 从事一份职业十年了，从入职第一天就想着离开，可是身边的人都劝我，到哪都一样！所以一直坚持了下来，可是离开的念头从未放弃过，现在的我过得很纠结，走，我又该做些什么？不走，往后的几十年，我又该如何坚持？

答：工作是这样，还是那样，这不重要。**重要的是你的工作能力和你以什么样的心态在做这份工作**。一个人即便做着一份最简单的工作，如果能做得很好，并且懂得享受生活，换不换工作有何区别？除非是随着能力增加，有更好的机遇来临，因缘俱足，那么不想换都得换。在花园里曾看到一个园丁，独自剪枝浇水，清扫落叶，做事总是认认真真。间歇坐在旁边抽一根烟休息，看着满园花草，平静而自在。这是他的内在结构在决定他的工作。

196. 我是学生的时候看你的书，多少年过去了，发现看你的书的人还是学生，追捧你的人也多是学生。或许你该有些检讨了。

答：事实上，我的读者有很多层面，从小学生到大学生，职业人士，家庭主妇，从十几岁到五十多岁，男女不限，身份不同，从城市到县城或村庄……在读者邮件中我知道他们来自不同的环境与空间。他们只是倾向于隐藏自己。书店里的主力，书的大部分读者，不可否认都是学生居多。他们有时间，心更开放，还没有被现实生活所捆绑，内心也更多理想主义的求索。**不管是什么人在读书，最终需要用心去读。**如果用心读一些有益的书，跟人说话也许会少一些强烈主观判断的语调。

197. 如何降低对自我的过度关注？

答：我们的自我认知中带有幻想与主观角度，有时以不真为真。过度自我关注，又是以妄念关注的话，就带来烦恼。自我省察则不同，它带有觉知，理性对待，接近实相。关于"自我"两字，需要很多学习。**铃木禅师说过，我们研究自己，是为了忘却自己。**先研究"自我"是什么，实相又是什么。如果我们能够明白有关实相的基本原理，一些无谓的自我关注会自动停息。

198. 结婚以后遇到两情相悦的人怎么办？想听听你的看法。

答：人的情感是丰富的，在发展的，没有什么事情可以限制它的生长与变动。遇见喜欢的人不是什么错误。但是如果这喜欢涉及相关的其他人的感受，需要考虑，避免带给他人伤害。

199. 在二十岁的年纪如何做到心中没有杂念，只想抓住一个东西？

答：心不可能没有杂念，事实上它总是会起各种念头。不是无杂念，而是懂得如何自然消念。**念头起来，让它自然平息，不跟随习惯一味沉溺，执着不放**。这个时间间隔的缩短，意味着觉知与专注力的加强。

200，如何长出爱，长出慈悲？

答：先经历无爱的艰辛、无慈悲的苦楚。**爱的长出不是平白无故，有时它伴随着泪水与创痛**。

第三辑

答案只能从身心的
真切体悟中来

201、最近的新闻令人发指，有深深的无力感，同时怀疑这个可怖的大环境，有种无望的感觉，怎么面对这种情绪，怎么自我疏解呢？

答：每一个环境都由大量的个体组成。在投入舆论潮流之时，先想一想，自己能做什么，能给周边环境带来什么样的影响，哪怕十分微小。个体的自我改善之所以重要，是因为大千世界的呈现状态里有我们的一部分。

202、为什么我们在拥有时不懂得珍惜，总是在失去后才发觉？

答：我们假装不懂得，也故意遗忘生死、无常，以为自己所喜欢的、所希望的都应该也应该会一成不变。但即便是看起来稳固坚硬的东西，也会逐渐或突然地坏掉。有些看起来不变，却每一刻都在发生肉眼无法察觉的变化。**只有懂得和记得生死、无常的人，才会真正去珍惜。珍惜时间、当下之事和眼前的人。**

203、未来需要担负起照顾老年精神病母亲的重担，焦虑不安。物质压力、心理折磨，不堪重负。何解？

答：人的生活并非可以自由选择，对一切难以改变的现象和境遇，要接纳，要承担。同时，积极做事，善良待人，去逐渐消解生命中所承担的障碍。

204、当一段恋爱让你痛苦，但你又深爱着，不想放弃，怎么办？

答：**等待到这痛苦足够。足够到可以放弃。**

205、成为写作者真的是不能强求的吗？

答：任何人都可以用自己的心去真诚写作，表达自己，以文字与他人连接。是否要以此为职业、以此立身，则不必强求。

206、你怎么看待现在的加班文化？有人说二十几岁不加班，到了三十几岁会比不上那些加班的人。看到这句话我很焦虑。我不想加班，除非很紧急的事，我想知道什么情况该加班，什么情况不该加班。

答：加班也许有两种情况，一是不够有能力有效率完成本职工作，二是在超负荷承担工作量。通宵达旦加班有损健康。

207、如何能坚持做一件事？

答：愿意做的时候，去做它。不愿意做的时候，也去做它。

208、想知道你真的如书中所写，不关心时事吗？

答：作家的书中人物，有时貌似是微小个体，但其生命形态均建立于时代与社会的背景之上，包含作者的认知与见解。对时代的关心未必一定要通过宏大叙述或激烈张扬的姿态言论来表露。关心包含上述，也更需要深入冷静的记录、观察、思考。

209. 想求庆山推荐书目。最近想读一些静心的书，刚开学，感觉自己浮浮躁躁，不怎么踏实。

答：一直很少给大家推荐书目，是因为每个人阅读的书要与自己当下的兴趣、心境、阅历与理解力相符。阅读是与私人趣味、与心力不可分的行为，最好按照自己感兴趣的主题、风格去寻找书目，而不是依赖于他人推荐。一些所谓的推荐、评论或评分也难免会掺杂大量属于其他人的偏见与目的。不如单纯地亲自去阅读，去实践。读一读，就知道什么书是适合自己的，是能够读完与吸收的。**如果因为他人的声音而去读或者不读，会失去个人力量。**

210. 一直活在虚假中，怎么走出来？

答：有能力承担真实、真相的时候，就会走出来。像长大的鸟儿一旦感觉到翅膀的力量，自然就飞到高空。

211. 怎样在冷战的时候控制好自己的情绪，不悲伤难过？

答：冷战是仰仗着情绪与自傲的逃避。以理性冷静的态度与对方沟通，让彼此释然，更有尊严。别把宝贵时间耗费在这种无意义的对峙之中。

212. 我女儿比一般的孩子要笨一些。作为一个母亲，承认这件事，心里非常纠结和沮丧。我知道这不该怪孩子，可有时候却对着她发脾气。我不知道该怎么办！各种努力都事倍功半。如果放任她，又放不下作为母亲的责任，害怕她将来生存都成问题。

答：父母被外界的价值观影响，投射自己的控制欲、期望、恐惧、焦虑在孩子身上，干扰他们的身心。虽出于爱，有时却是伤害。**她是小小的种子，需要一片包含有深爱、信任、自由、安静的土壤。先让她安心地发芽吧。**

213、为什么有些人莫名其妙地离开，不让你知道原因？

答：他们觉得到了告别的时候，只是没有通知你。人与人之间是旅伴关系，**大多数只能陪伴一程。**一生的朋友很稀有，常理上都是阶段性朋友。

214、无法不恋爱，无法空窗期，怎么办？

答：只管尽情地谈恋爱。这也是认知自己与他人的最好方式。但勿伤人伤己。

215、很想问你一直看什么书比较多。我感觉你很了解人性，对生命的解读很通透。我也想像你一样，多读书，多些智慧。

答：多读一些真正对我们的心灵能产生益处和启发的书籍，少读只是用来娱乐与打发时间的读物。阅读所占用的时间与精力很宝贵。至于可看的书，圣人、古人、修行人留下来的智慧宝藏还不够多吗？只是我们被肤浅花哨的事物诱惑，不去面对它们，也不学习与吸收。

216、你怎么看待女性自慰？

答：身体是属于自己的。照顾好它，让它获得平衡，保护好它的安全。如何与它相处则是个人自由。不需要经过他人许可，也不用与任何人商量。

217．如何找到一份工作的平衡点？怎么样考量工作是不是真正适合自己？

答：如果能够找到一份喜欢的、有兴趣并有天赋可支撑的工作，诚然是一种幸运。但这种幸运不多。所以，认认真真去做一件哪怕是平凡的事情，在能够满足温饱之余，思考如何用它去让更多人获益，也是合适的工作。**没有任何一件工作是不能服务于他人的。**

218．想问，当下人们常说的"内卷"，是个人能力尚不足够，还是时代的洪流冲击，亦或是其他原因？如何在社会中保持自己的竞争力？

答：个体置身其中，会被大环境冲击与影响。在变动的外界状态中，需要专业特长、技能、经验，更需要内在的价值观端正，情绪稳定，**在质朴与宁静中得到个体生命意义。**

219．我想向善，却沉于娱乐，虚度光阴，自己定力不够，就以为是环境影响。我该如何在一个沉坠的环境里做自己？

答：定力不够，不是环境影响，而是心抵抗不住环境与潮流的推搡、污染。增强定力，需要训练。一个可以控制自己心念的人，才能专注向上。懒怠、杂乱则一事无成。

220► 身边有的朋友一心追求钱财，在物欲横流的社会中该如何坚守住本心呢？

答：以积极的工作获得物质回报是正常的。也应该享受合理的物质带来的美好感受，不当的是以钱财作为唯一的信仰。**控制欲望，更能体会事物深处的美感。**大多数人在享受和挥霍的不过是形式感与虚荣的乐趣。这些乐趣很脆弱，也容易消耗自己。

221► 是不是追寻生命本质的人，对人生发出疑问、思索的人，有诸多感受的人，就不可以拥有平凡的爱情？

答：爱情故事落地之后都会归于平淡，没有什么惊世骇俗。而在追寻与思索的人，可能需要有更高意识能量的伴侣。他们需要找到同类，彼此提升。

222► 生活层次不同、精神观念不同的两个人在一起生活会很困难吗？

答：会有困难。要寻找相等的人。

223► 修行中如何运用对峙与顺从？不二法门又如何理解？

答：对不二法门的了解可以先学习一下《维摩诘经》。修行中不存在对峙与顺从，它更需要思辨与实证，而不是盲目无知地投入某种概念或宗教形式。

224► 对于一个有两孩但强烈想离婚的妈妈来说，什么才是让她不害怕未来的依仗？

答：有独立经济能力。不畏惧孤独。有所相信。

225. 如何看待现在比较流行的"佛系"二字？

答：如果对佛法真正的体系与观点没有正确的了解，那么所谓的流行词汇只是一些概念与标签，并且会带来某些认知上的误导。**真理是用来学习和实践的，而不是用来娱乐与归类的。**

226. 两个人到达什么样的状态就能确定可以结婚了呢？

答：感觉到来自内心深处的信任和相连。对方的缺点你已完全了知并觉得可以接纳。见到这个人没有什么事也是愉快的。身心联结都密切。

227. 对俗世中的女性来说，什么才算最大的成功？

答：**像大地支持万物一样地负担起女性的责任。女性不可低估自己的力量与作用。一位善良、坚强、有智慧的女性可以支撑与照料家庭中或家庭外的许多人。**

228. 对于未曾谋面，只靠键盘和屏幕交流而爱上的人，我应当如何处理？

答：通常这种类型的"爱上"，也许是沉浸在某种自我的幻想与妄念之中。很容易破碎。**理性的关系需要在现实中发生，并且经历考验。**

229. 在设计院，每天画图，颈椎和腰已经不太好。想问，如何把一件事做完做透？是庸碌一生做个简单的工程师，还是不断考证往前走？年龄到了，婚姻？家庭？那自己的事情如何做完做透？你的回复对我很重要。

答：**最终是人的内在结构决定工作的状态**。不管是庸碌一生，还是不断考证，都是前者在做决定。内在结构受限，工作也受限。内在贫乏无力，工作会变成负累与束缚。关注点先放到如何完善和丰富自己的内在结构，提高它的质地。

230▸爱上一个香港男人，他背负太多对前女友的愧疚。爱我亦无法同我一起。让我不要等，说等不到的。我不懂这样的爱，这样的爱让我感到绝望。

答：他不爱你。

231▸对于无力改变但又必须每天都面对的事，逃不掉的事，靠一己之力完成不了的事，该怎么办呢？

答：做不到的事情，把它放下。如果没有办法放下，只能忍耐与坚持。没有别的选择。

232▸写作（将文字发表于世）的意义是什么？写作是作者的个人道路，是否担心过给一些读者带来不好的影响？我们本是凡人，一路探索真理，但当下所知所写不一定就是真理，会担心误导世人而造业吗？（有些直白，但确有此困惑，请见谅。）

答：如果所写的必须是真理，那么留在这个世界上的著作只有宗教经典或圣人古籍。但我们可以看到人类历史中留下了大量的各种形式的书籍。艺术创作是一条在探索、在修整的道路，是个体化的修行工具，也是一片属于人类整体意识的土壤，容许不同个性的人绽放和表达他们的生命之花。**如果作者保持真诚、坦率，有探究的力量，他们留下的心迹，即便曲折，仍可以启发与引领他人。**

233. 有一个人，不忍放弃，却不敢主动，该怎么取舍？

答：自己没有决定权的问题，可以放下。**做些更重要的事情。做些能让自己变得更可爱的事情。**

234. 很想帮助爱人成就他的事业，我该怎样做？

答：想办法先成就自己，能够精神独立、经济独立。**如此可以避免过度地在爱人身上寻求倚赖和需索。**这就是支持。

235. 读你的《莲花》就喜欢你了，十年粉，有个问题想请教，我和家婆同住，由于教育孩子上和家婆意见不合，导致关系紧张，请问，我该怎么办呢？

答：首先尽量避免同住，彼此有一些距离，善良地照顾对方。其次孩子要尽量自己来照顾与教育。如果工作忙碌，就要有所牺牲与调节，多分出一些时间给孩子。把一个孩子抚养长大，让他成为有益的人，是很重要的事情。

236. 我爱上了一个自私的人，累了，不想再继续，可对方却不放手，我该怎么办？

答：你还没有真正的累。真正累了，他做不了你的决定。

237. 我总觉得这个世界上除了妈妈以外，别人只是跟我交换，换取自己的利益，没有真的感情，所以我抵触跟别人交流。觉得这世界挺可悲的，不知道怎么办才好。

答：**所谓别人，也是和我们一样的人，和我们一样有柔软的心，需要真情、温暖、被珍惜与被帮助。这是人的平等性。**不去恶意猜测他人，也不把自己不喜欢的方式或感受给予他人。在此前提下，我们才会真正尊重他人，并发生有效的交流。

238▸我总是给自己定一个很高的目标，内心认定自己应该属于那个高度。然而往往做不到。该如何对待这种落差？该如何正视自己？

答：目标高远并没有错误。但起步时只能从身边最细微最初级的事情开始，一步步往上。想想，你能认真地打扫干净厨房与卫生间吗，能放弃娱乐的诱惑安安心心地读一本书、写一篇日记吗，能为别人奉献举手之劳吗，能把上司交给你的工作任务完成得有效而完整吗……笃实才能靠近目标。

239▸不知道我还可以做什么，能做什么了，辞职半年，一无所成，想重新开始却没头绪，道理无用……

答：**道理不是用来快速有效地改变人的现实的。它不是魔法。**能够让人改变现实的只有脚踏实地去学习、劳作。

240▸如何面对离别？期望你回答。

答：**离别发生时，让它发生。接受这发生。**

241▸真爱过后，还会碰见真爱吗？

答：真正的爱，是开阔的、不占有不限制的爱。那时，你爱的会是很多人，不管这些人与你相识还是不相识，有关还是无关。你关心他们，愿意给予。这是真爱。

242. 我们处在的人生，失意，失情，失陷。我们处在的时代，现实，冷酷，物质。我想问，你是用什么样的信念支撑住你的心？谢谢。

答：人生不尽然都是灰暗的存在，它也包括那些值得被关注、被感恩的珍贵与美妙。时代改变，也是每一个人在面对与参与的无常现实。**如何做一个"我"，如何存在，值得思考。**生活与外境的所有呈现，都可以用来训练与觉知自心。

243. 如果想要一场修行，应该去哪儿？

答：**当下就是修行地。不在远处，也不在他乡。**

244. 如果两个人总是吵架，还经常冷战，但和好时又是很亲密很开心的，该如何处理这种心累的冷战关系？

答：为避免无意义的能量消耗，最好找情绪稳定、心性发展比较成熟的伴侣。

245. 我二十六岁，想去最大的城市、最好的公司，想拼尽全力看看自己在世上所能抓到的东西，想证明自己勇猛，与众不同。另一方面又想读书，写字，种菜，旅行，听自己内心的声音，找一条属于自己的路。很矛盾。

答：通常，人为了自己做出的一个选择，需要付出很多代价。

有些代价严酷而艰辛。你所列举的这两种生活，每一种都需要代价。如果什么都未曾付出，那么也仅仅只是一些自相矛盾的愿望。

246、人为什么要追求真理？

答：不追求真理，我们的生命会一直被捆绑与限制于物质层面，只为了眼前的利益去耗费心神，只为了物质享受去奔波忙碌。这对我们具备无限度可能的珍贵而圆满的生命本身而言，**是一种沦落。**

247、一直在等待一个人救赎我，一直在等待，不想浪费时间在其他人身上，一直单身，可我感觉，好像太久了，等不来了。

答：一个人如果要来，不应该是为了救赎你而来。**最好让他闻到你心里绽放出来的花朵的香气，被你吸引而来。**

248、如何忘记或者释怀过往那些一想起就心乱如麻、委屈满腹、愤愤不平的人和事？

答：需要学习去了解事物的本质，世事幻化背后空性的原理。如果有所觉知，空性之道会平息我们内心的许多妄念与情绪，带来清净感受。

249、一个男人，对性过于着重，是不是有些下流？因为性生活的主要作用，就是繁衍下一代。性追求，是否愚昧和盲目呢？

答：性是单纯而喜悦的。但我们的脑袋经常投射给它各种偏激而扭曲的概念。这些概念反映在你的问题中。

250. 为什么我觉得这一辈子很难碰到情投意合的人？

答：**湖水澄澈，才能映照出明月。不管月亮是否已经升起，先处理好自己的心湖。**

251. 我总在想，在没有经济实力的时候，先把喜欢的东西放一放；经济独立的时候，就去做自己真正要做的，比如什么都不做，读书，泡茶，感受大自然的馈赠。这样是否正确？望答复。

答：人在年轻时有责任去投身现实，让艰辛来磨砺自己。积极做事，多做尝试。貌似平淡朴实的生活，如果没有经历过百转千折的考验，即便现在给你，也体会不到其中的真意。而且这种削弱和逆行欲望的生活更需要经历与定力。

252. 没有追求是好事吗？二十四岁就无欲无求，是所谓的佛系青年。对好多事提不起兴趣，感觉人生也活成了复制品。找不到意义所在。

答：不要戏谈佛意。佛法的要旨也不是让人对事物失去兴趣，颓废懒惰，一事无成。**真正的佛系青年，是精进的有大勇猛的人。**

253. 太在乎他人的看法，太害怕他人的否定。

答：自信不会平白无故地成形。它需要一些累积。尝试对自己和外界有探索与认知的勇气，并用行动去获得确认。

254. 感觉他也没有那么爱我，就是感觉不到那么多的爱，好痛苦，我是不是应该结束？

答：为什么不反过来想问题：**你又能给出多少爱？你是否让对方快乐？**

255▸即将做妈妈了，感觉和孩子相处、教育孩子是一门非常大的学问，那如何在"尊重他"和"引导他"之间拿捏这个度？我不想做一个专制的妈妈，也不想放任散养。希望您能给予几句良言，推荐一些好的教育类书籍，谢谢。

答：在日常生活中，尽量给他安静、自由、不受干扰和过多控制的空间，让他按照自己的内在节奏生长。如果有一些场景关于和他人与外界的认知与互动，他还不知道如何处理，给他带领。**重要的是不把自己的期待与恐惧投射给他。**可以学习一些蒙特梭利、人智学等相关的儿童教育理念。

256▸发现男朋友和前任有联系，该怎么开口问呢？

答：他为什么不能有联系别人的自由，如果只是普通交往呢？**想想自己恐惧的是什么。关系中若有恐惧，就会有限制与冲突。**

257▸上了大学半年，觉得人与人之间的相处好复杂，有时候完全不知道别人说的话或者做一件事的目的是什么，尤其是朋友之间的信任和防备，能给我提点一些吗？谢谢！

答：让头脑和心稳定下来，干净下来。有时候是自己的想法过于复杂。

258▸发现母亲出轨。这几年一直都有感觉，最近找到了证据。父亲一直不知道，于是选择告诉了父亲。不知道最后他们怎么决定的，但现在就像什么都没发生过一样。自己心里很不舒服。想要母亲的一个解释或道歉。现在和他们待在一起都很不舒服，觉得恶心。该怎么办，或者怎么正视这件事？

答：有没有真正地去了解过自己的母亲？对她的情感状态和心理处境是否有过沟通与理解，或者是否了解父母之间的真实关系。我们会轻易地攻击、厌恶和批判他人，但有没有想过如果自己是她，处于她的境地，有别人不得知的难言之隐，又会怎样。**对母亲也要有平等心。把她当作一个有血肉的人来深入对待。**

259. 请问如何克制身体的欲望？

答：正确使用它，满足它。满足之后才有可能被自然地超越。

260. 想知道如何正确地看待"婚前性"这一行为。网络上各式各样的言论和观念太多，不知所措。

答：尽量不让性伤害到自己，也不伤害别人。除此之外，它是自由选择。

261. 会收到匿名者对自己的攻击。本来是自己的事情，却被别人要求该如何做。深感我在明敌在暗。知道无法管住他人的嘴，那应如何调整自我心态，尽量不被他人所干扰？

答：如果能够真正变强大，这种强大需要两个方面，现实中的强大是，你可以意志坚定地做自己的事情，并且做好。心理上的强大是，你对自己的价值观与信念有清楚的认识。

262. 最近反思发现，由于原生家庭的影响，家庭中我一直处于被批评、嘲讽、贬低的位置，而在和朋友的相处中我发现自己也陷入了这样的旋涡。请问，我该如何自处自救？

答：要多读些书，提高内心修养，能够给予他人一些思想上的支持，也能够动手做点实事。这样你可以为大家付出，做一些对他们有益的事情。**人们会感谢与尊重能够帮助自己的人。**

263. 作为一名职业作者，你是否有过瓶颈期？你又是如何克服、如何度过的？

答：每一次写长篇小说，开始时都需要通过一段挤压的瓶颈期。对策只有一个：耐心坚持，慢慢推进，直到突破。

264. 人生的追求是什么？到了一定年纪就会多了一些责任，随之也会再成长一步，可是在其中的意义到底是什么？

答：**一段旅途，认认真真地往前走，经历万般变幻风景，感受其中深情与真味。**这其实是一段很值得珍惜的路程，它是有限的，也是短暂的。对有信念的人来说，在此路程中想要解决的事情还有更为深远的命题。

265. 庆山，精神世界里，你是我的知己。可是我算是基督徒，感觉你信佛教。我困惑。

答：童年时，我与外婆经常一起徒步去参加教堂礼拜，听她讲圣经故事。二十几岁时，读过很多遍《圣经》，至今仍喜爱与尊敬这部经文。除了佛法的书，我也阅读、学习吠陀古老经典，最喜欢的诗人鲁米属于苏菲派……这些对我来说并不相背。我们追求的是究竟智慧与真理，它在不同文明里会采取不同方式来表达，出现在不同的法门与经典之中。勿把自己束缚于任何一种宗教概念或宗教形式，并对其他产生限制性偏见。**我们学习的是，如何去看待这个世界，如何看待自己，如何让自己获得生命深刻与真实的信息。**

266. 我想问怎么样把花养得好？

答：让花聚集在一起生长，不让它们孤独自处。浇水、日照、养料适度，一切照顾不疏忽也不过分。保持它的安静空间。**对待孩子也是一样。**

267. 信息时代下，文学是不是在夹缝中喘息？

答：信息时代，充斥周围的大多是颠倒、纷乱而无价值的资讯，人们被冲击，所以心神散乱、热衷娱乐、心浮气躁。**以此为土壤，能够深入内化、净化人心的文学作品，更需凸显其意义。**它不是喘息，而是更应该积极生长。

268. 内心强大却又易碎怎么办？

答：那不是真正的强大。

269. 既想要来自外界的理解、关心和温暖，又想要无人问津的自由。

答：所有选择，任何一种选择，都有代价，都有牺牲。

270. 我想大多数人的问题您都给过或者可以给出答案，那您自己有没有什么至今没有解决的困扰或者疑惑？说一下或许可以引起大家的思考。

答：在我的人生当中，每一个阶段都有疑问。不同年龄、不同状态有不同的疑问。我一般通过积极做事、读书、自我思考与觉知，以及与一些良师益友交流，慢慢琢磨它们，最终通过它们。**答案只能从身心的真切体悟中来。**

271. 为何人生里事业、交际，只要我想得到的，拼命努力总还不算太差，唯独爱情，从没有不失败过。为何总是求而不得？

答：总有一些内容是特殊功课。需要忍耐，去思考、反省、学习、调整。能力提高就可以通过测试。

272. 普通人要怎么样才能如实地观照自己的内心呢？

答：所有人都可以观照内心，观照此刻当下。不过就是如实地保持关注。观照能够让心较少错乱与迷失。

273. 我爱着一位格鲁派活佛很多年，他是一名非常有地位的转世者，且始终洁身自持。他说这一生不可能结婚，可他明白我的心意，所以彼此之间有着非常微妙的羁绊。我自知不该去影响他，可如何去爱，才能让这份感情充盈而坚定，并且持久下去呢？

答：在对方无法有回应的前提下，爱或不爱其实只是一个人的事情。如果这一个人的事情让你觉得充实，在心里默默继续它。如果它产生的苦痛更多，停止它。最终，当我们通过学习得到智慧，**智慧会帮助我们照见自己的感情，知道它是否是一**

种期待或妄念。妄念会自动熄灭。

274. 若是在路上碰到你，我说你好庆山。你会说什么？

答：我说：你好。幸会。

275. 你平时看电视剧吗？

答：不看电视。如果电视节目肤浅，容易让人的大脑习惯于懒怠、麻木。

276. 一位朋友的母亲年纪大了，身体不是很好，常常为他还没结婚的事着急到晚上睡不着。一方面他心疼母亲，不想看母亲难过，另一方面又替自己委屈，觉得自己一辈子的幸福被绑上枷锁，结婚只是一个任务。

答：**为自己而活。人最终是为完成自己而来到这个世界。**也只有在自我完成之后，才有余力带给亲人真正的安慰。

277. 等你的长篇。还有我内心的力量在流逝，我该怎么感受生活的充盈和美好？

答：生活的充盈和美好，不是生活需要多少条件，而是自己是否能够感受。**我们经常身携珠宝而不知，徒劳寻找，仍觉贫穷焦躁。**

278. 人们谈恋爱是因为能从中获得乐趣，可为什么谈恋爱那么痛苦，还有那么多人前赴后继？

答：人们有时在恋爱中，只想在对方身上获得利益，把对方当作榨取快乐的工具，以满足物质或心理上的需求。**感情如果出自自私的动机，自然会有痛苦。**

279. 参加一个大家都去你却不感兴趣的聚会，你会怎么选择？

答：如果个人选择不至于带给大部分人不良的影响（事实上可能没有人在乎你去或不去），那么选择不去。

280. 尘世这么恶俗，如何修炼？

答：**光明只能由黑暗衬托。尘世不仅是恶俗的，也是美好的。**两者是一味。

281. 想问，一个留给你的全是美好的人，突然一天毫无征兆地要离开，怎样放下一段美好却令人遗憾的过往？

答：他得到的不一定是他认为美好的回忆，否则不会离开。离开都有其原因。

282. 听说你也不是一开始就走上写作这条路的，请问你是如何找到适合自己的这条路的？对自己定位明确不了，不知道自己想要什么，该如何找工作（其实也是上一个问题的引申）？

答：对我们的自身修养与能力进行不懈的努力与提升，除此之外，对命运的安排或引导保持顺其自然。

283. 如何能够有细腻的情感？

答：理解他人的难处，体会他人的艰辛或苦楚，知道每一个人无区别，都希望得到喜悦、尊重、祝福、帮助。**时时保持感**

激。有柔软的心。

284. 结婚一年，在婚姻中常常有困惑，二十六岁的我该如何经营
婚姻？

答：婚姻类似一种合作关系，需要双方理性对待，自我克制，
尽量去理解对方。彼此保持付出与接收的平衡。如果只为自己
考虑，合作会失效。

285. 什么是"爱自己"？

答：首先，接受自己。其次，不断去探索、实现、超越自己。
最终，忘了自己。

286. 请问感情应该是怎样的，为什么会分手？人在不同的时期有不
同的成长，喜欢的也就变了。随着自身的变化和成长，怎样才
能有长久的感情？

答：感情包含心智的表达。单纯靠愿望去维持长久会有难度。
关系需要理性的管理，更需要心智的持续提升。

287. 真的有真爱、命定之人吗？

答：有。但他的到来需要许多条件，需要因缘汇聚。让自己的
心境先变得美好、平衡、宁静、清净。

288. 如何在事业为重的前提下兼顾着孩子的成长？小孩子太叛逆，
不听话、唱反调，不管不行，有时又很忙顾不上，为何现在的
小孩都这么自私？

答：叛逆的孩子一般是没有得到足够的爱与安全，也不觉得自己得到了尊重。父母给予什么，孩子会把所得到的反馈于父母。**孩子不可能比大人更自私，他们只是需要更多的爱与陪伴。**

289．你觉得学历代表什么？

答：比起学历，更重要的是我们也许会持续一生的自我教育和自我成长。

290．因为家庭环境原因，从小性格就很内向，有点不合群，嘴笨，时常不会交际，也没什么朋友，这很困扰我。

答：交到朋友不仅仅是依靠善谈吐或交际能力。真正的朋友通常是被我们的真诚、善良、内涵、品格所吸引。

291．如何看待吃素？

答：是否能做到不故意去伤害一切形式的生命，这样的内心觉知比形式上的执着更重要。如果一个人吃素，但心有嗔念并在现实中伤害他人，会是怎样？少肉食是好的。

292．我有三个宝贝，同时无力负担他们进入名校，为此焦虑。但是家长们认为名校才是出路，如何看待这件事？

答：孩子们如果能成为心智健全、性格平衡、有思考力和创造力的人，也会自然地得到适合天性的道路。不要被外界的价值观胁迫，并以此损伤自己的孩子。保护他们的天性，尊重他们。

293. 安妮，你好。我特别需要钱，可是目前我是一位全职妈妈，我该如何做才可以挣钱？

答：生活中的衣食住行基本保障是否满足，特别需要钱是出于生存需要还是其他的世俗欲望，这一点需要区分。**在能够生存的前提下，欲望没有边界，满足也没有尽头，也会觉得缺钱。**这个世界上总是有富得超出想象的人，也有贫穷得无法想象的人。看看自己的生活中是否已有值得珍惜和感激的存在。另外，我的确见过那种虽然有钱，但不愉快也不令其他人觉得愉快的人。也见过没有什么钱，但自己很愉快也让其他人很愉快的人。

294. 和母亲的关系不好。母亲性格强势倔强、急躁易怒、情绪化，如今我已经到了而立之年，她依然如此，很少能和平共处。深知这样的性格不好，却变成了和她一样的人。该如何自我救赎？

答：中国式父母与孩子之间的关系，扭曲处在于互相依赖，如同藤缠绕树，彼此不得自由，有时甚至扼杀对方的灵性、慧命、独立性与本性。成年人应完成经济与精神独立，给予父母善待、照顾，但保持距离，留出足够空间。**有依赖就会有控制。前提是独立。**

295. 如何让自己平静对待别人对你好之后，又开始对你忽视？

答：花开了都会谢，为何要强求别人始终一如当初？我们又应该凭靠什么得到他人持续的喜爱？

296. 喜欢上一个女子，与我并非同类，经济物质相差悬殊。确实很喜欢，没有勇气也没有信心告诉她。这种情况，继续这样喜欢着好，还是主动一些好，或者断了念想比较好？望答复。

答：决定做一件事情，不一定要事先确保其有明确结果。**你路过一面碧蓝湖水，觉得它美，决定停留吹会儿风晒晒太阳，或在草地上躺一会儿，说不定跳进去游个泳，一切都是随心所欲、自然而然的**。若对人也能如此轻松、开放地对待，我们会享受到许多情感的乐趣。

297. 你十几岁的时候是怎样想自己的将来的？

答：我不太想。十几岁的时候我更喜欢行动。

298. 我表白了。但他不敢接受我，也不舍得放弃我。

答：他不足够喜欢你。感情的回应其实并不复杂。

299. 为何我们有的时候要刷存在感？是因为孤独吗？

答：如果人没有从自己的内心取得力量，甚至与内心的源头失联已很久，也无法与天地能量连接，甚至无法与身边的人进行真正的情感与精神连接。在这种干涸与无知的状态中，会把更多关注力投给形式、物质、标签、潮流、偶像……并且以为这些外物能够替代自己的表达与存在感。

300. 怎么样保持恒定不变的心态与情绪？

答：心态与情绪不可能恒定不变，**它们像大海的波浪总在起伏，像天上的云团时时变幻。不如练习看着这一切生灭而不陷入其中**。

第四辑

爱的深度超过所想

301. 因为明白这辈子不会结婚生子，所以想要去离家稍有距离的地方。依靠自己生活下去，有自己的小屋，和父母减少接触来避免更多矛盾的发生。父母觉得我思想不端正，且控制欲强，并不让我离开家。怎么办？现在已经实现经济独立了。

答：我们为了完成自己而来到这个世界，先确定让自己拥有具备真正意义的生活，而后再去考虑其他。

302. 如果年逾三十都没有遇到心动的人，是否应找差不多的人成婚？

答：好像没有见过任何这样的规定。

303. 姐姐和一个下巴很长、长相有点畸形的人在一起，不顾家里反对。姐姐缺爱又不懂表达自己，毕竟是一家人，我到底要帮助她让她自由恋爱，还是帮助爸妈一起反对她的恋情？

答：这是她自己的事。与你的父母无关，也与你无关。她有恋爱的自由。

304. 爱情是否为一人燃尽后，便不再接受他人？觉得跟随普遍的社会规则进入一段恋爱，是违背本心，亵渎爱情。可是燃尽自己、发自本心的充满鲜活生命力的爱情，注定不能细水长流吧。

答：妄念。我们真正的爱，怎么可能只为一个身心受限的异性燃尽。**爱的深度超过所想。**

305. 想知道恩养在小学阶段你会带她阅读什么书籍？

答：她有一个独立书房，书架上有各个国家的绘本、少儿读物。我先帮她选择。筛选出觉得对她有益的读物，然后她自由阅读。有些少儿读物内容庸俗，表达肤浅，文字粗糙，意识低级，需要家长有所筛选。

306. 看您的《月童度河》，停下来的时候总有一种头皮按摩的感觉，是放松。暂时没有问题，所有的问题都需要自己去解决，其实有时候内心已经有答案。这里只是表达对您的感谢。

答：**这里的问答，意义在于分享与沟通。**网络时代我们的交际貌似显得更轻易和热闹，事实上能够说出内心真实，并且可以与他人交流内心真实的途径更为封闭。虽然答案最后只能从自己的心里来，但在孤独或迷茫的时候，能够与人沟通，获得交流，这是一种有益的疏导与支持体系。

307. 你说女性只有在情爱中抛弃需索、倚赖、脆弱、妄求的心境，才能享受到情感的珍贵。那女性在情爱中应该做什么呢？

答：**像大地一般沉稳、开阔、平静、有力。去滋养和帮助你爱**

着的那些人的心。

308. 假如同时喜欢两个人，一个有灵性，与自己内心契合，但距离很远，目前无法生活在一起，一个是日常在一起，对自己也很好。如何确认这两份感情到底哪一个更适合自己？是否太贪心才犹豫不决，还是太自私，太在乎自己的感受？真的很怕失去任何一个。

答：让事情自然变化。人有用各种方式去恋爱的可能性，前提是自己的动机。否则会发生伤害。

309. 觉得恩养在什么时候看你的书比较合适？

答：《莲花》之后的书，她需要经历过一些世事才能够读得清楚明白。她的生活处境、情感状态比我年少时候好很多，包括她的精神发展空间和被对待的情绪方式。所以她会有自己的生长模式。她可看可不看，在于她的兴趣。

310. 婚姻就是和一个人朝夕相处几十年，难道不会渐渐觉得窒息吗？如何保持婚姻相爱如初，不变质，善始善终呢？为什么做人需要努力和训练的事情这么这么多？

答：这个世界上没有不变的事物与关系。哪怕一块钢铁都会变，**要允许变化。自己所经受的训练，正是为了去理解、承担这些变化。**

311. 怎么对待得不到的事物和人？

答：忘了吧。人的负担已经很重，装备要轻。

312. 遇见自私、没有担当、爱和员工较劲的女上司怎么样愉快地相处？

答：及时做好自己分内的工作，并且尽量完成得出色一些。与上司保持适当距离，也无须在内心轻率地评判她。你未必真正了解她的整体和内在。

313. 感觉这世界很脏，怎么办？有的人却能在这样的世界里活得很精彩，是因为他们努力去看到生活好的一面吗？

答：内心真正精彩的人，一定懂得了如实看待世界的各种组成。不嫌弃，不回避，也不盲信，不沉溺。

314. 如何调整一颗浮躁的心？

答：先做到少看手机。

315. 见你反复提到过女性在家庭和社会中的"力量"是不可估量的。这种"力量"具体指什么？针对什么而言的？

答：对父母而言，你是女儿。对爱人来说，你是女人。对孩子来说，你是母亲。对孩子的孩子来说，你是个祖母或外祖母。你的力量会影响到身边的很多人，决定他们是否感觉良好或感觉糟糕。**有这么多的身份与责任，你的"力量"重不重要？** 但现在年轻女性很少考虑这些。她们需要被爱、被照顾、被填补、被呵护，有时又对他人有很多期待与需索。**期待与需索最后会导致失望及嗔恨。**

316. 怎样去关心别人？

答：先做力所能及的小事：端一杯水，让一个座，给予微笑，说一声你好。

317﹨读了挺多年您的书，也关注了挺久。支撑您成为如此特立独行的作家的原始力量是什么？

答：生命会赋予人特定的质地，去认真对待和发展这份质地。**我们每个人都很珍贵。**

318﹨如何教育孩子走在人生正轨上？现在诱惑这么多，一群群孩童在打《王者荣耀》，在玩手机，在嚣张地对着大人歇斯底里。

答：孩子会接收到社会环境、家庭环境、各种成人习性所带来的影响。这是很复杂的源头，也包括孩子自己的天生心性。只能说教育孩子人人有责。个体能够积极地自我改造，增加正念的能量，社会氛围与价值观才会丰富与自然，孩子也会走正路。

319﹨在与朋友和身边的人交往时，总是更容易看到他们身上的缺点，然后心生厌恶。

答：**相反着来，多看对方的优点，珍惜这些好处。**尽量无视、忽略他们的缺点。

320﹨你有长久凝望和长久阅读后带来的虚空吗？它们怎么与尘世贴合并密切联结？

答：需要把我们的观念与思维融入实践当中。实践检验人所吸取到的一切理论。

321. 我一直觉得，努力做事、人性善良与好运没关系，好运是白白
得到、无须争取的东西。你怎么看待好运这件事？

答：看起来貌似是偶然的好运，其背后有一整套无形的运行规
则。好像一棵开满花朵的树木，你可知道那是多久之前被植入
土壤的种子？

322. 我想谈一场认真且走心的恋爱，想在对的时间遇到对的人，但
是周围男生套路很深又只想走肾，这使我已经没有了认真的勇
气。很不开心，到底是玩还是认真，有些不知所措。

答：遇见的人或事，基本上是自己的心投射出来的结果。内观
自心，你是在认真，还是想继续玩，有可能欲望与心愿自相矛
盾。**如果一个女人能够真正成熟、理性而温柔地对待她身边的
男人，这个男人也只能这样对待她。**

323. 怎么看待同性恋？

答：没有怎么看。他们也不必在意别人怎么看。这就是一种
存在。

324. 成为作家的基本条件是什么呢？

答：至少你能比较容易地以文字来表达想法，而不是苦思冥
想，并觉得枯燥孤独。否则这份工作会让你无法维系。同时还
要有阅读学习、体察他人、思考反省的能力。

325. "人生得一知己足矣"，你也是这么觉得的吗？

答：我们的知己，只能是自己。**若能真正了解自己，能够接纳**

和关心自己，能够自处，也就能够理解与善待他人。

326. 现在越来越多的人开始生第二个小孩甚至第三个，每个人都有安慰自己的理由，想生个男孩、想生个女孩、想给孩子多个伴。各种理由都成立。安妮，你会再生小孩吗？对生命的延续有什么想法？谢谢你。

答：养育一个孩子责任重大，父母首先要自我发展，然后帮助孩子发展。孩子不是父母的情感抚慰剂，不是肉乎乎的玩具，不是他们自己挫败人生的幻想药。孩子带着他们自己独特而复杂的生命内核而来，是需要被深深地尊重与理解的生命。养育不是随便就能做下的决定。

327. 为什么觉得现在很多男生总在斟酌着付出？

答：因为你同时也在斟酌着计较着他们的付出程度。**感情若没有忘我的深度，喜悦很少。**

328. 你怎么看待一群人中那个总是被忽视的人？

答：除非自己故意想这样。一个会自信地亮出观点、经常为大家做考虑并解决问题、能力突出的人，不太容易被大家忽视。

329. 病假期间读完《夏摩山谷》，心灵震荡，数次落泪，体会到主人公流泪后灵魂干净的感觉。但回到现实，遇到自己表白失败的男生，依旧心乱，数度在他"伤害"我之后又再次原谅，也更疯狂地参加同学聚会，大概觉得先前的自己过得太压抑、太严肃而了无生趣，这个过程是一种自我探索吗？

答：这只是一种逃避。如果你试图在与人互动的过程中去探索自己，会认真地反省这段关系失败的原因在哪里，自己又为何会有被"伤害"的感受。只有通过学习，调整，才能转换习惯性的情感对应机制，而避免在关系中一再重复失败的模式。

330. 女孩子经济独立到底需要达到什么样的标准？

答：保证自己基本、独立的衣食住行。同时克制虚荣心与过度物质消费。

331. 怎样看待大家对房子的执着和追求呢？

答：作为个体，有个地方居住是基本生活保障。至于是租还是购买要根据实际能力而定。但这只是一个房子。有了房子，又烦恼面积多大、是否豪华、数量多少，就是欲望层面的事情。欲望没有止境。

332. 认可你说的不要表白，表白是种变相的索取。但在恋爱的过程中，怎么表达自己的感情才比较合适？

答：像一树桃花，宁静地自由烂漫地盛开，不要多说，不要多想。**让那个经过你的人，闻到你的芳香，愿意停下来欣赏你。**

333. 我知道你常以善度人，遇到事情首先考虑自身原因。我依然想要知道，你会不会觉得"人性本恶"？在微博上，公众人物一旦出现错误，评论就是一片谩骂；或许是"水军"有意为之，但是点赞数量惊人。我知道很多事情不能一概而论，但它困扰我许久。

答：**网络是差不多到达极致的妄念游戏**。知道这是个游戏，有时玩耍一下，不必以假当真。人性真正的恶意不在于形式表现，在于贪嗔痴及变幻无常、不受控制的粗浊心念，也包括内心细微处的嫉妒、占有、贪念。网络体现出人性不自控的面向。

334、在友谊或爱情中，该处在什么样的位置？主动？被动？

答：不进，不退。不离，不弃。心态开阔、达观、从容的人，会有比较长久的关系。

335、自己现在的状态就是，没有爱情就觉得很空虚，觉得有异性陪在身边才安心。怎么调整自己的状态呢？

答：如果在独处的时候觉得空虚、匮乏、无聊，置身于关系中同样会散发出这种气息。让自己充实、宁静、专注、有力一些，你会获得同样的关系。

336、恋爱中对激情的定义是什么？

答：激情大多来自还未真正地了解对方，不明底细。类似于一种妄想症。粉丝对明星也很有激情，因为他们不知道真实生活中的对方是什么样的。

337、怎么才能真正做到不在乎别人的看法？

答：如果他们并不是真正地深入理解你，所谓的看法有何用？大部分人都是前者。

338. 生活圈很小，怎样才能找到男朋友？

答：如果走到外面，会看到现实中存在的男人其实数量不少。但对你自己所遇见的每一个人，可曾真正去感受过他们，并试图与他们有些真实的交流，产生一些有趣的连接？

339. 第一次向你提问，抱着净诚之心而来。请问如何能够在较长一段时间里，保持心态平和，遇事更加沉着、不急躁、不过于紧张，并时常对身边的人心怀感恩，对他人有耐心、不冒进？

答：这是美好的愿望。但为了实现这些，我们必须知道没有有效答案，只能自己去经历各种挫败与内心突破。**人为了处理好与自己心念之间的关系，要付出很多时间精力**。

340. 早先的书，读起来很痛心，您写的时候是什么样的心境呢？或者处在一个什么样的环境里？

答：每个人都会经历一段迷惘而颓废的青春期。有些人在这个阶段里无所事事，随波逐流，有些人抗争，思索，远行，寻找生长。我是后者。

341. 深知性格偏沉默，而这个社会需要活跃之人。要去做出改变吗？

答：**不需要改变自己的真实质地，但需要增加自己的内涵与密度**。这样当有人靠近你的时候，他会有乐趣。

342. 始终和父母之间有股"无名火"，因为小时候的记忆烙印太过深刻。但脾气发大了以后也后悔，觉得对别人都那么有耐心，怎么对家人反而最苛责。真正温柔又坚定地回应他们，需要什么样的自身能量？

答：我们只有在对人性的局限、弱处、缺陷、矛盾有过一定的阅历与认识之后，才会真正地去理解与接纳身边的任何人，包括父母。也就是说，**你必须获得能力，知道如何去重新认识你与他人生而为人的一切存在，才有可能真正地去爱他们。**

343▸ 有趣很重要吗？

答：重要。同样与一个人同喝一杯茶，有趣的人会让你体会到物质和行为背后存在的美妙与深意，这是他的心力所拓展的空间。无趣的人只让你见到一杯茶。

344▸ 为什么我对每一个上司都很好，什么都为上司着想，可是相处时间久了上司总是讨厌我？是真的没有做到足够好吗？

答：上司需要的不是下级对他好，而是有效率有成果地完成他所希望你达到的工作任务。

345▸ 想问下你的价值观是什么，有没有所谓的普适价值观。

答：没有什么价值观的口号。我认为人活着，应该珍惜生命，不浪费这还能健康而安宁地活着的时间。单纯而清楚地生活，追求真理，明心见性。

346▸ 网恋靠谱吗？

答：不靠谱。真诚的情感只能在现实交往中发生、继续。维系网恋的是想象、期待、投射，这是容易破碎的。

347. 为什么一次次用心建立起来的亲密关系，最后都毁于一旦？究竟是自己还是别人的问题？

答：也许两者都有问题。**一段平衡的关系需要平衡的两者，但我们无法改变与说服他人，只能先做好针对自己的管理。**少一些破坏性情绪与行为，比如嫉妒、愤怒、猜疑、指责等，对关系会有帮助。

348. 终其一生，到底有没有可能摆脱原生家庭的束缚？

答：如果精神独立、经济独立，可以依靠自己而生存，那么离开故乡，离开亲友，可以让原生家庭的影响力变小。有依赖就会被束缚，更不用说彼此紧紧捆绑。

349. 道理都明白，可为什么实行起来总是这样困难？

答：大部分时间里，人们习惯行事懒惰，没有恒心，追随自己的习气和喜好，顺流而下。**逆行是困难的，但这正是在训练自己。**

350. 有些人从羡慕嫉妒最后变成恨，我该怎么继续和这样的人相处交往呢？尤其女性朋友。

答：在女性朋友面前，不要炫耀，保持一些距离。同时多鼓励和支持她们。多倾听，少说是非。

351. 作为您多年的读者，从初中读到大学，觉得有被您"抛弃"的感觉，您已然成长，我们却被您留在原地，您怎么想这个问题？

答：作者只能按照自己的心性发展往前走。也有一些作者是不变化的。也许他们害怕失去读者，又或者是真的没有生长出来新的生命内容。但这两条对我来说都不适合。

352. 你说心静，可是在这如此嘈杂、浮躁的社会，我们如何做到内心宁静？

答：如果每天把很多时间用在手机、电脑、电视上面，沉浸在各种资讯、娱乐、游戏、购物行为当中，我们如何会心静呢？先试试少做经常做的事情。但少做之后，会空虚烦躁。所以，这一切正是喂养着"无法心静"的食物。

353. 被分手了，他不再想努力解决存在的问题了，我等待了他近四年，被分手觉得不甘心、觉得被辜负，我要怎么放下？

答：我们等待了对方多少年，或认为自己单方面付出过多少，这些计算都只是自己的心结。于对方而言，他只在意，彼此在一起的时候是否真正令他觉得愉快、心安。

354. 中年人如何安排自己以后的生活？

答：人终其一生都应该努力创造，保持学习能力，承担当下的责任。如果前期通过积累获得一些时间上的自由，之后可以修身养性，追寻更有深度的存在。

355. 婚姻生活不得是两人一起努力改变成长吗？我在变化，和孩子一起成长，他却在原地踏步，我该怎样面对这样的婚姻？

答：要么接受，要么离开。**接受是真正平静地接受，离开是真正明白地离开。**如果都做不到，就在其中煎熬、受苦。也许需要经历这样的过程。

356. 女孩子成长路上最应该注重什么？

答：发展自己的能力、天赋以求独立，注重心性修养和学习，这样才能不过度爱慕物质，也不过度倚靠来自他人的感情。

357. 对于当今世上一些普遍的歧视问题，如种族、性别、外貌、性取向等自然注定的事情的诘难如何看待？对当事人如何自处有何建议？

答：**接受一切存在**。至少自己先做到接受自己。我们很难改变他人的想法，除非他们真正有所理解。所以就忽略不计。

358. 你知道那种"这个世上只有自己一个人，只能靠自己"的孤独感吗？

答：是这样。在这种时候，尤其需要放眼去在意和帮助身边的他人，体会彼此一体和平等的无分别。**体会自己是众生的大海中的一滴水**。水滴的感受是开阔的，而不是隔离。

359. 你还会去拉萨吗？第一次去时给你最强烈的感受是什么？

答：人不应总是在繁华大城市活着，需要经常回归空旷质朴的天地自然。如果在城市中只有赚钱、花钱两件事情，那是质量很差的生活。

360. 如果你爱他比他爱你更多怎么办？爱情里好像总是女孩子更容易沉迷，更加奋不顾身。

答：也许对方不是抑制自己的感情，只是对感情没有那么多需索和依赖。这并不代表谁的爱更多。更多的爱，**应该是替对方考虑更多，而不是希望对方满足自己的期望**。

361. 你如何看待开放式关系？人与人之间被道德和世俗所限制的一对一关系真正符合人性吗？

答：一段关系如果能够深深满足彼此，两个人都会觉得对方是足够的。否则，任何道德和世俗要求都不能做到强迫人保持一对一关系。一些社会乱象已经证明了这些人性的特点。开放式关系需要相对应的环境和个体，以及相对应的心理机制，否则也有风险。

362. 如何提升自爱力？感觉自己很自卑。

答：自卑的背面是自傲，它们互为一体。而一个平和的人不自卑也不自傲，他在深切关心他人的同时也深切地爱着自己。

363. 你是怎么带婴儿时期的恩养的？非常想得到你的建议。

答：我没有怎么特意去带她。那个时期仍旧保持阶段性工作，在旅行，写作。**我不过度保护她，也不试图去控制她，很少要求她。她平静而自在地长大就好。**

364. 面对感情和金钱，如何控制自己的欲望和贪婪？

答：如果人还没有具备能力去感受到物质层面之外的存在，精神性的无形质的存在，那些高级而究竟的存在，控制现实中粗重的贪婪是挺难的。也就是说，如果人的意识不够高级，感情、金钱、物质，诸如此类，会成为人可感受范围里面最重要的东西。

365. 你在书里说你不关注时尚。我以前也是这样的人，可是到后来，我自卑了。因为不会穿着，觉得自己老土，被别人看不起。这很苦恼。

答：把自己收拾得整齐，穿素雅而洁净的衣服，有适当的妆容，这是一种礼仪和优雅。但不必被所谓时尚的潮流牵动，过度关心奢侈品、种种物质外相。生活中值得花时间、精力、金钱的地方很多，不要因小失大。

366. 怎么读透一本书？

答：在书里画线、记录、做笔记。一些书需要反复读，过些时间重新再读。**直到它在自己心里完全融化与消失。**

367. 请问信任是该无条件且不计后果地给所有人吗？

答：不是。当我们要给予信任、物质布施等一些善意的行为时，更需要运用智慧。糊涂的不明状态的善良行为会带来伤害。

368. 想问你，什么是自由？

答：**自由是不期待、不倚赖。**

369. 安妮，你相信你写的东西吗？那么美好，简直不敢去相信……

答：我相信自己写下的字，因为需要用它们建造自己观想中的一座塔。一位朋友曾对我说，写作是造塔，不用管其他人怎么说，自己默默盖起来。我喜欢这个比喻。

370. 从高中到大学，我反复读过很多遍《彼岸花》。我想问，过了二十年光景，如今的你，怎样看待曾经的《彼岸花》？

答：经过的一道山岭。对我来说，所有的作品都是在翻山越岭时留下的标记。我还在继续标记。

371. 男友有严重处女情结，但我们非常相爱，这是毋庸置疑的，并且想在近两年结婚，我们都想做些什么去减轻这种不可名状的伤害。

答：这段话是前后矛盾的。有严重处女情结的男人最爱的是他自己的标准，而不是真实的你。认为别人的身体不是自由的，而自己应该完全占有，这是把对方物化，而非当作平等的生命体。

372. 没什么想问的……所有的问题都不是能靠别人回答解决的。

答：是的，所有的问题只能依靠自己的实践去解决，但这不影响我们从他人处得到一些启发和参考。我们去阅读、去学习的原因也正在于此。

373. 如何平静地看着身边的人老去？

答：**同时在老去的还有我们自己**。对待常态、必须接受的现实、不能改变的事情，平静以对，是比较客观的态度。

374▸ 想问问你，如何看待婆媳关系？作为儿媳，怎样处理有时出现的抵触情绪？

答：尽量避免与婆婆同住，避免在日常生活中彼此计较、争论。偶尔相见，把她当作一位客人，照顾她的感受，尊重她的决定。

375▸ 看过很多家庭因为老人的离世，遗产分割不均而分崩离析，有的老人重男轻女，把财产给了儿子却又要求女儿赡养。这种情况该如何处理？

答：如果人能努力工作用自己的双手赚钱，同时又克制欲望，那该多好。**就可以避免总是想要别人的东西。**

376▸ 如何对待未尽之事？

答：尽量圆满地做完来到我们身边的每一件事情。尽量让别人的期望满足。

377▸ 我想知道你选择回答问题的标准。

答：一是比较有共性，可以对大家有所启发。二是提问的人也有一些思考，而不是过于轻率和随意地发问。

378▸ 她出轨以后为了求我原谅，放弃一切陪着我，可我还是觉得长不了，请问您怎么看？

答：事情要经过理性分析，有客观心态。比如她出轨的原因、处境、整个过程，以此去了解她的状态。而不是"她出轨"三个字就判定了全部是她的错，只能等待你原谅或者不原谅。我们每个人都是生命自主的。如果她的整体状态仍是你所爱的，接受她。如果已不是你喜欢的那个人，那么做什么都无益。

379. 庆山做问答的初心是什么？

答：分享各自的内心与观点。让来到这里的人可以彼此交流。

380. 我在读《夏摩山谷》第三遍。非常感恩能在人生下半场的第一年看到你的书(我视四十岁以后为人生下半场)。书中有一句话："我和本性的源头失去连接，不知道该如何前行。"请问什么是一个人的"本性"？如何知道自己的"本性"？

答：《夏摩山谷》书中对人的本性有具体阐释，什么是本性，如何去感知，如何发掘，这是它的主题之一。在书中通过不同人物的经历，去展现本性与我们生命之间的联结。请再认真体会。

381. 我在看《夏摩山谷》的最后一个章节《心咒》，在渐渐深入书中所描述的内容时，内心有种深深的感动和敬佩。其实我也如书中所描述的女子一般，对情爱控制、需索，被无明的情绪心魔所困。在不断修行的两年多里，去看见自己的真相。我知道我的修行心法并未深入到了知大彻大悟。

答：对你和我这样的普通人来说，既不能因为觉得过程艰辛和反复而退失信心，也不能对结果过于急躁。只能是缓慢、耐心、有信心地去渐进。**每一个进步都是心灵意识往上升级的台阶。**

382▸《夏摩山谷》的人物是否是你自己的化身？

答：作者文字中的人物会带有自己的意识。这些人物来自他的内心体验和感悟。

383▸请问，世间真的有夏摩山谷吗？在哪里呢？如果是虚构的，有原型吗？

答：在世间的地理环境上不存在夏摩山谷。这是一本书中的精神与信念的乌托邦。但在我们内心深处，或许每一个人都有一个夏摩山谷。**只是你先要发现它，然后试图进入它。**

384▸长相清秀，但自己觉得不够好看。想整容，也喜欢自然美。但现实是有时候照镜子，会不开心。

答：一副皮囊迟早都会老去，会衰亡。除职业人士需要保持形象之外，大部分人日常能够做到洁净端正、善待与维护自己的身心健康就可以了。**人的内在才是值得深入与挖掘的宝藏。**长久相处，立身之本，依靠的是这个宝藏。

385▸为什么越在乎的东西失去得就越快？有维护关系的最好方法吗？

答：很在乎，必然投注大量的期望、热切、嫉妒与占有欲，如同绳索捆绑自己的同时，也令对方不得安宁。维护关系需要在关心对方的同时，给予空间。**宁静与自在的感受，如果自己的内心没有，基本也无法给予对方。**

386▸如何将心态放平静去追星？毕竟他们是闪闪发光的人，是几乎不存在于我们现实生活中的人。而每次看完演唱会见过真人之后都很难调整自己的心态，感觉做了一场很美好的梦，突然梦醒了，又要回归现实。

答：明星们确是活在现实生活中的人，闪闪发光可以通过很多技术手段达到。他们的职业是表演。面对现实，如实生活。我们无法指望依靠麻醉、幻想来回避生命的真实处境。

387. 如何看待生活中对自己的投资？比如练瑜伽、学画画，如果舍弃了工作专门投入一两个月改变自己，是否值得支持呢？

答：光一两个月的坚持，改变不了什么。任何技艺或心性训练，都需要持之以恒，长期维持训练。并且真正把技艺融化到自己的见识与体会之中，让它化为真正的生命质量。

388. 你真的快乐吗？

答：最近这些年，我才有些明白真正的快乐是什么样的。**它可以很单纯地只来源于我们的内心。**

389. 未修行时，创作于你是怎样的意义？随着个人意识的成长和发展，创作于你的意义，有没有发生变化？

答：年轻时，文字对我来说，是摸索与调整自己内心世界的工具。而当人对自己的摸索与调整到一定阶段时，便可以与人分享自己的心迹。文字如果使用得当，是很好的工具。**基本上，我的作品所展现的，是在实践自我实现的人。他们的自我实现从雏形到成形，形成这么多年来作品的一个体系。**这个体系仍在生长。追寻自我实现的人貌似边缘、小众，尤其在当今的社会状况下更显得边缘、小众，但他们寻求的是时空感更为长久与开阔的事物。

390. 你创作《七月与安生》这个故事的灵感是什么？

答：这是刚开始写作阶段所写的作品，那时很年轻，也是自我探索的某种开始。这个故事是人对内心互相对峙的两个方向的感受。两个人物，代表内心不同属性的两股能量。在青春激荡的阶段，我们通常是矛盾、迷惘、不定的，思考未来应该通往哪里。这是一个开端。

391. 您在《夏摩山谷》里写到山谷里的报春花，我明白您的意思，问题是：您的内心如何面对、处理外境的不相应？我有困惑，觉得人本性都是向善、爱美的，为何现在大部分的人在看见真实与美好时，是退缩、拒绝，甚至轻蔑、诋毁？有什么好的方式回归本性吗？谢谢您，感恩您写了这样一本书出来。

答：有些人能够意识到自己的本性、本体，有些人还没有，他们尚未发现这个核心，而对肉身、物质、外界需求提供过多的关注。但最终人是平等的，都希望得到平静与快乐，避免痛苦与烦忧。每个人都携带着自己的宝藏，只是发掘与否的存在状态不同。如果对真实与美，采取退缩、拒绝，甚至轻蔑诋毁，那是因为心还无法认知到这些，只能以自己局限的认知体系判断所接触到的事物。但这不代表心会一直如此。**未来也许会更好，也许会更糟，取决于每个人的认知发展和心灵自醒程度。**

392. 《夏摩山谷》出两本是不是更好？合成一本能量密度太大。

答：能量密度大，可以在时间中慢慢缓释、吸收。保持一些耐心。

393▸ 你知道吗？如果书中表达太多你的固定信仰，会失去很多信仰不一致的读者。所以我更喜欢你写一些属于你自己的独立性内容。书只表达你个人的观点，让你自己的观点成为读者的信仰，而不是浓厚的佛教味道。

答：首先，《夏摩山谷》所写的是普通真理，普通真理包含在不同宗教哲学内容之中，人类所向往的、所探索的，最终都是万源归一，里面其实没有冲突。冲突的是人为制造的形式和利益。其次，我认为书写与创造的意义是为普通真理、为人的共同命运服务。《圣经》里说，日光之下，并无新事。对个体而言，也没有什么观点是自己可以独创的。古代圣贤、圣人、探索者们已归纳了最究竟的人心真理。很多所谓的个人观点，也许是学习过程中所需要的思考，但**最终它的方向是汇入大海**。

394▸ 促使人创作的最大欲望是什么？

答：**创作究其本质，是表达创作者的真实生命质地**。真诚而有说服力的作品，其力度无一不是来自于这份质地。这份质地每个人都具备，却并不是所有的人都能够去体察，去表达。能感受到自身存在的人是不多的。去表达更有难度。

395▸ 您心里是否觉得帮人答疑解惑可以使他们痛改前非，或者对疑问者有安慰？其实大部分的问题都跟情感有关，都需要自行解决。

答：感情问题是女性最关心也深感苦痛的，所以虽然一再重复，我还是在答复。我没有去想自己的回答是否会带给他人足够多的作用，因为这需要看对方是否真正体会与使用。如果我们能感受到对方的痛苦，说几句话也是好的。

396．如果你这么教，人们还不懂的话，就太那个了。

答：我没有教。也不奢望别人都懂。世间的心有很多苦楚、孤单，大家只是在一起交流。

397．我想知道您为人解惑的原因，如果您是错的呢？如果回答是对的却毫无意义呢？

答：想得太多了。当你推开大门，为后面迟来了几步的人推着这个门，为他们多停留几秒、给予方便的时候，脑袋里是否需要考虑这么多问题？

398．读那么多好书，上那么多课，有什么用？到头来感觉自己跟个提线木偶似的，依然陷在命运深深的轮回里。请你告诉我，怎么爱？怎么接纳？

答：学习到的东西，不管是来自书还是课程，都需要拆解消化，真正吸收和融化在心里，并且要检验它们。**在变化的生活实境中去实践，自省，进行自我改造**。否则，学得再多，它们依然与你无关。

399．你在多大的时候确定了自己的人生目标？

答：年轻时我没有人生目标，只是随顺因缘，顺其自然，但在其中付出努力。现在的我逐渐有了对生命的一些看法，但也不能说是目标，只能说自己的努力是有方向的。

400. 你还会对一个男人动心吗？

答：我们可以对遇见的任何一个美好的人动心。如同看见一棵开满繁花的花树，停下来观赏它，是人对美的本能反应，也是应该做的事情。但前提是让动机脱离嫉妒、期望与占有欲。是否能够在一起，需要因缘重重聚合。**男女之间不仅仅是情爱、情欲，欢愉的时刻，还有两颗灵魂之间的能量互动。**

保持内心光明
是最好的保护

401► 一个随叫随到、信息秒回、一点没脾气的老实男生，是否就是
　　好的结婚伴侣？

　　答：恋爱或婚姻，可以成为自我生命成长的契机所在之处。但
　　如果你不想在冲突、联结中学习，也不求自身进步，有个老实
　　人在身边也可以。但老实人也是人，凡是人都会发生变化。重
　　点在于你是否具备能力去理解与适应关系的波动与变化。

402► 高中怎样过？是应该疯狂还是循规蹈矩？

　　答：有些人需要满足父母家人的期望，或有责任，就需要好好
　　读书完成学业，有所成就是好的。有些人也许专注于有兴趣并
　　且拿手的事情去发展。人有不同的需求与轨迹。但不管采用何
　　种方式，**不能放弃的是对心性的自我教育与持续发展**。时间有
　　限。年轻时不虚耗，胜过成年后悔。

403► 该如何看待一个男人对你突然冷淡下来，相处时也不像从前那
　　般亲密？我该如何修复这段关系，将一切复位？

　　答：先坦率直接地沟通，询问对方为何会如此。请他提出是否

有对你及这段关系感觉困扰的地方。如果对方如实回答，需要反省和调整，表达自己想修复的意愿。如果对方避而不谈，基本上这段关系已告结束。

404．你会哪一天不写作了吗？是心里的渣滓已经清除完的那一天吗？这么多年，如何一点点改变的？

答：不想写的时候，不写。如果还能够写，继续写。写作到最后可能不是为了自己的表达，而是为了对他人的助益，这是语言与文字的最终意义。心的提升与改进是一点点推进的，需要经历很多阶段。需要持续地努力与自我观察。

405．想请问如何处理好身体里的两个"我"（一个是精神上的我，一个是肉体上的我。一个入世，一个想出世），望答复。

答：让这两个我得到满足，互相平衡。直到发现"无我"。

406．进入社会后就很难再静下心来读点书，总是习惯性刷手机，怎么才能回到以前那种看到书就停不下来的状态呢？

答：手机里提供大量热闹而无效的信息，娱乐与放松貌似能带来短暂的舒适和麻醉，但会妨碍我们的内心觉知。也不会带来真正的身心满足与生长。如果任由这肤浅的舒适与麻醉填塞时间，只会一无所获。

407．女人一生为情所困，怎样做到不为情所伤？

答：**人会一生被困的，其实是自己的无知与妄念。不但伤害自己**，也伤害别人。只有去觉知自己的心，清楚认知外界与他人，提升智慧，才有可能破除无知和妄念。才能无所困，无所伤。

408. 我要结婚了。对婚姻您有什么建议？

答：婚姻是一个合作方式。它不是你的精神、情感、肉身的寄托之处，只是与另一个人的合作关系。通常，人都喜欢冷静、理性、能提供支持和提升的合作方，而不是需索无度、情绪多变的伴侣。**成熟的人，才会有长久的关系。**

409. 你说人要为别人才会有快乐，这个"为别人"是不是有很多前提呢？还是单纯地只是"为别人"？

答：如果付出只是为了回报，它会有很多前提。但真实意义上的"为别人"都是从本性出发，并且善意可以反馈与滋养本性。给疲惫的父母倒杯茶，在地铁上给老人让座，看到有人有困难上去帮一把，给睡觉前的孩子读几页故事，给心爱的人做一顿饭，给陌生人一个温柔的微笑……这些平常的行为都会为他人带去热与光。

410. 结婚显然还是社会的主流选择，同龄人都结婚了，我还是单身，但是目前还没有心意相通的人，如何保持不害怕？

答：有一个爱人比结婚更重要。借由爱人，我们学习爱与被爱，去完成生命中重要的成长功课。**积极地实践爱与被爱，而不是害怕结婚还是不结婚。**如何实现个体的完整性，比别人会如何看你、评价你，重要得多。

411、您说最珍贵的是爱，您说爱是纯金，是一种美感。我能明白，但依然不了解爱是什么。是指亲人之间的爱吗，还是爱情？我时常从大自然中获得沉静的慰藉的力量，这也是爱吗？我从未体会过爱情。爱是不是有很多种面目？爱是不是很难得？想多听您谈谈"爱"。

答：爱是慈悲。深爱的人，或者陌生的人，你都能散发出善良。看到一朵在树荫下静静开放的花朵，你也有因慈悲而产生的欢喜清净。**万事万物对你来说都是一体，因缘重重相聚。这是爱唯一的面目。**慈悲里包含牺牲、承诺、付出、供养。**大多数时候，我们所斗争和挣扎着的爱，不过是欲望的替代词。**

412、总是对外貌和身材焦虑，觉得没有人是因为灵魂美丽而被爱。

答：女性需要保持身体健康、容貌清洁、神清气爽、洁净优雅，除此之外，女性也需要智慧与内在力量。如果只是一个玩具式完美肉身的存在，却没有足够内涵，那吸引的也是视女性为玩偶、肤浅而麻木的男性。你有智慧与内在力量，同等的男性会靠近你。**灵魂美丽首要出发点不是为了取悦他人，而是让自己受益。**一个不敬重自己的人，如何被他人所爱。

413、现在获取信息的渠道越来越多，怎么才能保证自己获取的不是垃圾消息呢？

答：有深度的思想只能通过静心定绪地认真阅读，在阅读同时保持思考、学习来获取。轻易获得、轻易带来乐趣与舒适的大多是垃圾消息。

414、如何在别人的否定下继续顺从自己的内心？如何保护自己所看重的不俗？如何把控被现实磨损的程度？

答：所谓人多势众，能够一意孤行的人需要具有天生的勇敢和力气。否则他走不出自己的路。如果不具备，有畏惧，也无须勉强。**事实上我们最后走的都是自己能够走的路。**

415、您现在不会有什么世俗烦恼，也不会被困在任何情绪里了吧？

答：**每个人都会有烦恼，区别在于你能够消解念头、平息烦恼的速度有多快。**很多人是不停地去浇灌、喂食、壮大这份烦恼，直到自己执着与沉沦其中。如果人够平心静气地做好现在手上的事，**不后悔过去，不忧虑未来，觉知每一刻，接受一切发生，**不太会平白无故给自己增加内心麻烦。

416、很矛盾，不知道怎么回事，我现在觉得一切在自身自然生长之外，附加在肉体上的东西都是欲望的表现，比如女子爱美，就去烫发染发，去买各种首饰各种衣物，我觉得这就像中了毒一样，有永远做不完的头发，永远买不完的衣物……大家都是如此，若自己一直崇尚自然朴实无华，又实在不符合现在的审美，该怎么办？

答：是的，都是欲望。能够看到这一点需要足够的清醒。你已有这份出离，没有怎么办，只管继续做自己。

417、如何从债务中脱离出来，我永远有还不完的债，这到底是什么原因？

答：**在看到果的时候，去回头检查这果实的因。**

418. 如果知道自己即将死亡，该怎样调节心绪？

答：**事实上，我们漫长或短暂的一生，应是为死亡做的一个准备**。但大部分人并不这样认为。他们觉得死亡不吉祥，不会发生到自己身上，好像自己会永恒地活着，好像这一世活够了就可以彻底结束。但事实并非如此。

419. 很喜欢一个女孩子，可是她知道我和初恋在一起四五年后，决定和我分手，删除了我所有的联系方式，拉黑了我电话。可我不想对她撒谎。我是不是从一开始就错了？

答：你不一定是对的，不是所有的事情都有必要袒露无遗，有些记忆可以只属于自己。但她这样做对你未必不好，如果连对方的过去都要嫉妒，继续相处下去，会遭遇到什么可想而知。不如提前放彼此生路。

420. 我认为爱与物质是密不可分的，你怎么看？

答：爱是无形的，物质是有形的。爱是不生灭的，物质是会被损坏的。爱是无界限的，物质是需要被讨论是否可占有的。这两种事物截然不同。硬要把它们拉上关系，这是人的概念。这里的爱并非仅指男女之爱。

421. 迷恋上明星一年多了，所有的热情都被他吸去了。我感到我实实在在在恋着他。可是他并不认识我，我也自觉走不进他的生活，其他异性我都不想接触了，这辈子只想爱他。这是爱情吗？现在"粉"偶像这么普遍，您有什么看法吗？

答：**不要选择生活在幻想中、妄念中、虚假中、自我麻醉中，**

以此逃避现实。做点更有意义的事情，接触实实在在的人，经历一些辛苦，学习爱与被爱，让自己健康而饱满地生长起来。

422．发现自己好像没有爱人的能力，这是一种自私吗？

答：是一种自私。这种能力很难得到，慈悲的前提是要有充分的智慧。慈悲的困难，在于得到智慧的过程本身就很困难。

423．刚过完叛逆期，但被叛逆期的孩子挑战。

答：一个内心有平静感，觉得身处环境比较自由而放松的孩子，会较少叛逆（独立意识出现是正常的事情）。叛逆孩子的无礼、冲撞，其内心状态很大一部分与父母相关。**想想自己给予孩子的是什么样的感受，提供给他们的是什么样的环境。**

424．我们应当如何更实际地对待手机、网络及一些无用的妄念？

答：有必要、有目地使用科技产品，不要把它们当作精神世界的倚靠。它们是手段，不是目的。**妄念应及时觉知，有了觉知，妄念才有可能消失。**如果我们感受不到自己内心产生的情绪、波动、想法，不去静心正观，只是被拽着走，沉浸其中，这是无觉知。

425．怎样摆脱希望孩子时时刻刻都在身边，只爱母亲一个人的这种自私欲望？明知道这不可行却偏偏无力挣脱。太痛苦。觉得孩子也痛苦。

答：这会严重扭曲他的性格。要停止。你的感情应该在伴侣、朋友、精神生活中得到满足，内心需要积极发展。孩子不是用来慰藉内心空虚的工具。

426. 我常常觉得自己懂得很多道理，但是面对现实时，又觉得懂得一些道理没有多少用处，还不如不懂这些道理比较好，甚至觉得不会有人跟我有共识，怎么办？

答：市面上流通的道理有很多，甚至有各种方向不同的道理在各行其道。你要分辨哪些是正知正见，哪些真正对自己有提升，而不是被偏激地鼓动与煽动。深化理解道理、使用道理，在现实生活中以事炼心，这样才会逐渐成长。**道理不被使用，就只是一个道理。**

427. 你生活中会出现拖延的情况吗？如何自律又自由呢？

答：自律的人才有自由。如果一个人不懂得何时能放下手机、停止观看浏览各种垃圾节目和信息、不沉溺在舒适而麻醉的状态里，这个人事实上已被自己的习性牢牢限制。他是不自由的。

428. 人生最困难的时候该怎么办？觉得分分钟都要绝望而死。

答：很多困难可以靠坚韧与耐心度过。**不要让自己的心热衷戏剧化，这无济于事。**需要比平时更为冷静的态度去对待困难。

429. 我谈了一个女朋友，她一点都不想见我，非要两个月后才见面，她现在对我爱理不理，我忍受不了才从国外回来了，但她让我离开她的城市，该怎么办？

答：她不喜欢你。这样折腾自己没有必要。

430. 如何面对竞争？是否要做最好的那一个？残酷的竞争让自己不再平静。要不就承认别人比自己强，要不就要付出非常大量的时间投入工作。盼复。（仿佛置身火海，难觅清凉。）

答：如果人能够健康、质朴地活着，有清楚的价值观，能够心平气和地去做完需要完成的事情，常心存喜悦，我们要的东西其实不是那么多。欲望没有止境。

431. 我想过有酒有花有诗有远方的生活，也在为此一直努力，为什么我却发现自己离它越来越远了，终要不可避免地走上相亲、找工作、继续奔波的生活？

答：这两者之间不是孤立、对立的。在奔波中保持本心，在艰难中瞥见光亮。在日常生活的烦琐与复杂之中，训练心的明净自如。

432. 男人出轨到底该不该原谅？

答：我以前说过，真正彼此满足的关系会自发地忠诚，一个可以成为全部。不满足的关系，需要各自检查问题。重心不是单方面原谅或不原谅，而是去检查关系中的问题。

433. 对于自己喜欢的人或事，可以勇敢几次？

答：如果是人，看看对方是不是也喜欢你。如果是事，看看自己是否具备承担的能力。**一般来说，正确的、适合的自己的人或事是不艰难的。**

434. 您觉得什么是佛？悉达多真的没有自我的局限吗？

答：每一个人自性清净，圆满俱足，但因为无知遮障和重重染污，意识不到自己内心的宝藏。佛代表的是一种觉悟，对智慧的开发，对自性的重新认知。悉达多是获得觉悟的修行者，他的证量对我们来说无法测度。

435．想听听您对高考、对读书的看法。

答：尽己所能，但也不是非此不可。对人来说，最重要的是心性教育。接受教育的首要目标，是让自己先成为一个平衡、完善、丰富、有益的个体。

436．看到社会太多不公正的一面、黑暗的一面，感觉很失望，该如何自处？

答：社会有一股大业力，不是单凭个人意愿就能迅速改变，需要逐渐消化和调整的过程。但通常，一个合理平衡的社会由无数合理平衡的个体组成，什么样的个体组成什么样的社会。**可以想想如何让自己成为一个合理平衡的个体，如何去影响身边的人，哪怕只是有限的几个。**如果有更多的能力，就在合适的位置上做更多有益的事情。完善自己，是基本的身体力行。

437．如果让你给二十岁的自己写一段话，你会写什么？如何对待二十岁的迷茫？

答：在人具有天然的活力和充沛的能量时，不要浪费时间。时光飞逝，青春短暂。此时，勿让自己受困于世俗之见与他人的评价体系之中，不把时间虚耗在网络、手机、游戏、社交软件上面。而是真切地去探索和感受这世间万般。**去谈恋爱，去远**

途旅行，去冒险，去读书。尽可能地去开拓自己的生命边界。

438▸一个成熟的女人应当有怎样的表现？

答：不对男人的感情和物质抱有索取、依赖、计较的态度。不把自我认知局限在肉身与色相上。去除仅以自己为重的自私。要有见识与深度。

439▸情感依赖非常严重，如果喜欢一个人就每天都想跟他在一起，想知道他每天在哪里，去哪儿玩，有没有想我，所有的重心都在他身上，没有自我，非常想改变。

答：是的，需要改变。否则日后会遭受到很多痛苦。

440▸女人到了三十岁以后，哪些事情多实践会有益处呢？

答：一、要通过阅读、进修、学习，持续深入地自我教育；二、努力工作，有独立经济能力；三、懂得爱人，值得被爱；四、不迷恋物质，不追剧，多旅行，多帮助别人。

441▸请问，如何平衡孩子的天性与礼貌规矩？

答：孩子需要被引导、被督促、被教育，对天性的尊重并不表现在无限度纵容，让他们为所欲为，而是不把成人与外界的俗世价值观过早地压在他们身上。**尽量保护其心中灵性，不染污和干扰他们。**

442▸请问你在恩养三到六岁时，会给她看一些什么书？第一次提问，期待答复。

答：在孩子幼小的时候，未必一定要让他看书。照顾他的身体需求，让他多接触大自然，和小伙伴玩耍，尽量隔离电子产品，在情感上陪伴和呼应他，提供温柔、平静的生长氛围。等到了合适的时候，孩子会自发对阅读产生兴趣。此时可以提供一些有审美、有格调、有艺术性的儿童书，让他随便翻阅。孩子的自然天性更重要，阅读属于后天培育。**先要让他的自然天性充分生长、成长。**

443▸每天都要工作，不工作就没有收入，对生活已无热情，望指点。

答：有时我看到夏日傍晚天边的一抹晚霞，朋友送来的一枝荷花，也会心生喜悦。**生活中可被找到的美与感动很多，人应保留纯真的热情。这是赤子之心。**

444▸为什么有的人明明好好的，突然就消失了？

答：除意外，没有一个人会突然消失。事出必有因，只是自己不察觉，对方不告知。如果自己格外珍惜这个人，可以沟通和彼此解释。如果并非无对方不可，就接受这消失吧。

445▸很喜欢你的长篇小说《春宴》当中沈信得这个角色，她在现实里有原型吗？这么多年了，她过得还好吧？

答：有原型。但作为一个塑造出来的人物，她在书中是永存的，在很多空间与读者交会，已经和原型没有太多关系。

446▸可否把你读过的好书列一个书单？

答：适当时候我会推荐一些书。就阅读而言，与自身的理解力和兴趣点密切相关，有时候他人觉得好与不好并没有什么关系，因为每个人的解读能力与感受力不同。更需要自己去思考、发掘。阅读是很私人的行为，不需要依赖书评或推荐。靠自己的直觉去认知。

447► 你对奢侈品有何见解？

答：世间万物存在都有其合理性。奢侈品是属于社会某个阶层的物质游戏。如果不属于这个阶层，也不想玩游戏，就与自己没有什么关系。

448► 好友整理了一份你几百条的微博答疑分享于我，又送了我《月童度河》《得未曾有》，我一条一条细看完，开始读你的作品。谢谢你在多年经历之后没有选择归隐，谢谢你的文字带来的启发和洗涤。

答：随着年岁渐长，写作对我来说，也不是那么容易的事情，现在会感到劳累和长期伏案对身心的影响。**对我来说，现阶段写作更需要信念、自律及自我训练。**

449► 如何看待你早期一个人的旅行，或是之前的墨脱之行？它留给你的是什么？

答：这些旅行或多或少有些危险度。女性尽量避免一个人旅行或去危险区域跋涉。对我自己来说，墨脱徒步是一个信念基础上的决定，并非为了好奇。它是我自己选择发生的，我也承担它的一切后果。小说《莲花》是一个路途标记。

450. 我刚结婚，有了自己的家庭，跟父母相隔很远。每次回家探亲都舍不得离开，免不了用一段时间去怀念伤心。跟丈夫一起生活，总是无法找到平衡，不像个妻子。我该如何完成从女儿到妻子角色的过渡，找到一个平衡？谢谢，盼回复。

答：在人的生活中，首先，**各种情绪是需要被检查、被克制的，而不是泛滥、自我沉溺。**其次，应该承担的责任要认真去完成，必须接受的现实要学会接纳。而我们在生活中采取的方式大多是在情绪中责难自己、举棋不定，同时又不理性地解决现实。

451. 你怎么看待低收入买房的问题？

答：手中有钱就买房，手中没钱就租房。人处于什么样的位置就过什么样的生活。**我们必须经常观察自己心中一再变化的不切实的欲望，它们会成为烦恼的来源。**

452. 你有无感到自由？

答：通过学习掌握基本原理，运用原理，知道如何去观察和理解自己及外界的一切呈现，人会获得很多自由。

453. 很多人的情绪偏向负面。你怎么处理负面情绪带来的感受？

答：在这些烦恼和困惑的表达中，我也学习到很多。对自己所思考过的观点更有了确认。这也是一种修证。

454. 为什么身处这个时代的人越来越迷茫？

答：现在科技、网络的兴盛让信息呈现过于丰富，而这些信息大多价值观混乱，让人变得浮躁。过于丰富的选择给人造成的错觉是，想象中的世界一切都好，只有自己置身的现实是极度无聊的。但这是颠倒的想法。**我们需要深深地扎根于现实中，脚踏实地，辛勤耕耘。**

455、面对一个不成熟的爱人，夫妻间该怎样相处才好？

答：结婚之前，要有基本判断，对方的人格是否平衡与完善，是否能够做一个温和的爱人、合格的父母。如果自己选择失误，就需要承担后续一切代价。通常，后期再试图去纠正就很困难。成年人很难改变自己。改变人的意识需要付出很大努力。

456、朋友喜欢一个人，但他又不是对方喜欢的类型，所谓的坚持有必要吗？

答：对方会经历疲惫、失望，于是回心转意的阶段。但那又如何。**爱人之间应该互相分享、互生喜悦。不必陷入卑微的境地。**

457、我很喜欢你的摄影集《仍然》。喜欢你拍下的这些照片，觉得寂静、肃穆和干净。想问你的是，在这些年的摄影经历中，能够让你举起相机的深层冲动来自哪里？那些被你拍摄下来的照片，最终的去处会是哪里？看过《仍然》，觉得意犹未尽，所以很想听你再谈一谈你的摄影，你的这些照片。期待长篇，晚安。

答：《仍然》里的照片大多是手机或数码相机随意拍下的。这本书对长期读者来说有纪念性意义。虽然只是一些带有私人气息的日常照片，但它们也能带给读者情感与审美上的共振。照片体现私密而直观的个人风格。《仍然》也是唯一的一本我自己收藏了很多本的纪念册。以后如果有机缘会再考虑出摄影集。

458. "庆山的文字缺乏理性，有时候过分地自圆其说，自恋气质满溢，却拥有精准的感性，有特别的灵性。有时很喜欢，有时很讨厌。似乎构成一种魅力。却又觉得不太健康。"对这样的评价，怎么看呢？

答：每个人对同一位作者的看法都不一样，通常由自己的感受能力和理解深度所决定。**即便一本书本身是中性的，它也会被解读出不同的面向和性质，与阅读者的心性状态有关。**当你阅读完毕，你有自己的感受吗？如果有，那就可以。确认自己的感受。你不是别人。别人怎么说其实与你没有关系，因为那只是他建立在自我认知上的判断。

459. 人是否需要一直清醒地生活着？

答：虽然过程艰辛，但我觉得清醒、客观、理性、清晰的生活态度是必要的。偶尔或许可以暂时逃避一下，但生活很严酷，如果不锻炼自己只有受苦。**清醒地活着可以免除很多烦恼。**

460. 有时候觉得社交在消耗我的生命，但是怎样分辨哪些是值得留下的社交呢？

答：社交分利益（工作、应酬、所谓人脉）和情感（可以共通的兴趣、价值观、互相欣赏）两部分不同的侧重点。后者的乐趣与持续性会长久一些，但前者在人侧重入世的阶段仍是重要的，只需保持自己性格真诚、处事平衡。事实上，真正能够帮助我们的人是早已确定好的，强求或图谋之类用处不大，或暂时看有效但结果仍不会很恰当。人与人之间的缘分要顺其自然。

461、觉得男朋友不适合自己，但是又离不开他，怎么办？

答：**等不适合的苦积累到足够，足够到自己已无法承担，会自动离开。**

462、人间值得吗？

答：你来到一个地方旅行，发现这里并不是想象中的美妙，但你已经抵达，并且有限定的时间不能自由决定来去，**那就尽量以此地为根本，来做些不虚此行的事情吧。**

463、怎样才能不过分关注自身容貌？怎样控制自己对于外在物质的虚荣欲望？怎样控制自己的攀比心？这些是不是源于自卑和浅薄？

答：这些问题一般是人的通病。还是个人力量薄弱，没有进行过心性训练的原因。这些会让自己受苦。

464、他说他没房没车没钱，所以拒绝了我，是真的不喜欢我找的借口还是因为其他？

答：他是真的不喜欢。

465. 已经不知不觉成了大众眼中的大龄单身女，三十六岁的年纪，曾经是打算单身一生的，但内心终究发生了变化，想要获得爱，想遇见一个爱人，并彼此陪伴。但是，在北京这样的大城市，对于相貌平平、工作家庭皆普通、生活轨迹单一且固定的大龄女生而言，貌似没有任何可能，时常感到绝望，像被困在牢笼里。

答：我认为大部分女性都是处于"相貌平平、家庭工作皆普通、生活轨迹单一且固定"的状态，大家都是一样，没有什么不同。但这不妨碍女性去学习，去获得成长，去努力地工作和建设自己的生活。心力强大与否，决定我们如何去行动。而当你能够成为一个有内心力量的人，有没有伴侣就不是那么重要的问题了。**没有，你很好。有，你也很好。**

466. 如何让孩子在一个相对扭曲的教育体系中健康成长？又如，单亲家庭越来越普遍，如何让孩子在这样的家庭里健康成长？

答：孩子首先被影响的来源，是他身边的亲人、家人。要随时察觉和提升自己的状态，以及管理好他最常接触的那些人与环境的状态。自身的责任很重要。

467. 如果只是因为缺爱而接受别人的爱，这份爱可以长久吗？

答：关系是一种平衡，有付出有得到，基本上我们也是要先撒播种子，等待时日，才能得到果实。如果有人愿意平白无故给你果实，要记得那不会长久，不过是捉摸不定的心意。**长久的关系需要以诚意去培育及经营，让对方得益，自己得益。**

468、你在书中说，女孩子要温柔。什么是温柔？

答：不暴躁，不嗔恨。用爱去滋养他人。而不是用期待和恐惧去勒索和控制他人。

469、该选择容易的路还是困难的路走？

答：选择自己对此具备坚定信念的路走。选择正道。不管它是容易还是困难。

470、决定开始一段婚姻最重要的是什么？

答：最好先试图让自己成为圆满的人。然后看到对方也在努力成为圆满的人。这样的两个人可以互相帮助，互相支持。**如果自己是一个残缺的人，对方也是，却都期望通过对方来实现圆满，在一起痛苦只会加倍。**

471、三十过半，已为人母，重新寻找梦想，推翻现在的生活状态，是不是有点晚了？

答：**梦想是个妄念。**只能说我们心里有意愿，愿意去实现。并且前提是自己有能力、有信心去实现。如果这样去选择，什么时候都不算晚。人生有限。最好是从年轻的时候就开始积累，而不是中途才推翻。

472、大量网络小说的出现，会让我们的思想变得浅薄吗？

答：非网络也有浅薄的小说。只能说，如果你阅读的文字不能引发你往深处、往内的思索、反省、对照或带来意识的升级，都只是属于消遣。

473. 如何度过二十几岁的时光，才算是没有辜负青春？

答：与现实共处，去认真而努力地生活。恋爱、旅行、阅读、学习、交各种各样的朋友、经历各式风景与人情。而不是活在网络、幻想当中，好高骛远，散漫度日。

474. 十多年来感受你一点一滴的变化，从外而内，如今你的状态是我理想的生活。但可能是因为自己跟不上你的节奏，总是处在乐极生悲、死去活来的生活状态，找不到常态。年近三十，还是常常青春期般控制不了情绪，无法入世。

答：人困惑与烦恼的来源大多是无明。无明一叶障目。我们在学习的是智慧。究竟的智慧是般若。般若生起，慈悲同在，对世间会有新的看法和认识。此时，才会觉得自己的眼睛好像变了，你眼中的自己和世界也与以往不同。这是清醒地去生活的态度。**我们都年轻过，但终究需要长大。这是对自己的生命负责。真正的勇气不是颓废，而是逆自己的人性而行。**

475. 怎样才能走进一个遥不可及的人的生活里？他甚至不知道我的存在，只能默默支持，欣赏他的才气和不一样的帅气。

答：所谓的追星，可能是对自己现实生活的不满和匮乏所产生的一种逃避行为。这种事情和沉迷于游戏、各种剧是一样的，有一时之快，但解决不了现实中存在的任何问题。**有勇气的人需要面对现实，解决实际问题，这些才能带来成长。提醒自己做些真正有力量的事情。**

476. 世人皆苦，怎么才能让自己甜一点呢？

答：别人都苦就自己甜，应该也不会是多愉快的事情。我们与他人的关系密不可分。尽量自度，有能力再度他人。

477. 看过身边很多离婚的人（工作的原因），也感受到父母的婚姻很平淡，对婚姻逐渐失去信心，该怎么调整这种心态，继续往前走？

答：不要把婚姻与爱混为一谈，**不要觉得对婚姻失望就是对爱失望**。它们之间是有分界的。

478. 怎样才能看淡爱情呢？就是那种不会在爱情里迷失自我的状态。

答：先学习怎么去面对、了解、平衡、完满自身。没有这个前提，很多自己认为的所谓的爱，不过是自私的妄念，并注定破碎。

479. 想问一个与您作品有关的问题。今后是否会考虑创作一篇主人公完全不踏上旅途或异地，而只是在一个较为固定的区域活动及生存的故事？因为在您的过往作品中经常看到很多开放性与未知性，反而对您写一些人物受到（内心）禁锢或封闭的处境感到有所期待。

答：你的意见很敏锐。大概我自己是一个生性喜欢未知、远方、漂流、开放性的人。有些作者会写些跟自己没有什么关系的事物，对我来说，之前的长期写作类似是自己的精神之旅，是建立在自身的成长和心性基础上面的。我会思考你的角度。谢谢。

480. 您认为对一个十八岁的女孩来说，什么是真正的酷？怎样变酷？

答：与其说要变酷，不如让自己变得更聪慧、温柔、善良和坚强。这是从某种意义上来说对自己更有好处的酷。

481. 即将开始大学生活，我却没有精力去发展新的友谊，更乐意把情感寄托在遥远的人身上，比如偶像，怎么办？

答：这样的结果是，在实际生活中能够帮助你并且给予能量的人很少，而遥远的偶像有些也许可以作为榜样激励自己，但大多不过是单纯的妄念。

482. 名人采访里经常听到这样的话："不论怎样，发生什么都是好的，什么都能接受。"我想就连无家可归、重症等这些也包括在内吗？您又如何看待呢？

答：是的，这些也包括在内。人生怎么可能只发生好的事情，一些不好的事情也必然事出有因。如果我们经常去反省这个因，会更加懂得如何去保护与净化自己身语意的运作。

483. 最近这段时间特别想问一个问题：刚辞职的这段时间一直在徘徊犹豫，一个是北京，一个是家乡这边。北京租房贵，什么也不熟悉；家乡这里工资低，一眼望到底，但是离家近，吃住方便到位。不知道自己该选择什么。

答：以前说过，任何事情都有代价。人做任何选择都必须考虑到自己应该付出的代价。没有什么事情能够十全十美并且完全符合自己的所愿。

484. 还坚持每日早起步行五公里吗？坚持多久了？给身体和心智带来能感受到的改观了吗？

答：只要时间和环境许可，都会坚持。步行五公里大约要一个小时。让心感受到清明、专注，加以持续，日积月累，让运动形成一种习惯。**如果无所作为，懒怠与散乱也会成为习惯。** 在于我们的选择。

485. 在《得未曾有》《古书之美》后，如何看待记者与作家之间的联系？

答：一个采访者，首先需要尊重对方，有能力体察到对方身上的闪光点，逐渐引导，甘愿做一道桥梁传递不同对象的见地和理念，而不是以对方为工具投射骄傲的自我。这是我在采访人物时所在意的。采访可以给读者输入有真实感的观点、信息与价值观，与长篇、散文等一起构成我的写作体系。

486. 你写《春宴》时是什么心态？（最近在读《春宴》，刚开始觉得晦涩无章法，后来越读越想从头读，有新收获。）

答：在这本长篇小说里，我最终还是完整地展示了男女情爱之"成住坏空"的过程。探索了人该如何思索与分解情欲、妄念、痛苦、无明的问题。它展示的是一条道路，即通过与另一个人的爱恋过程（幻想、幻想碎裂），从而认识到内心实相并自我实现的过程。

487. 能多谈谈那句"不写对时代的某种表达的野心和谄媚"吗？

答：作家比较走偏的特点是野心和取悦。一个真实的创作者，只负责表达他的生命存在。生命存在的表达如果真实，那么其中就有最真实的时代。

488▸ 发现自己老是陷入中年男人的情感旋涡，何解？该怎么改变自己这种情感模式？

答：男人是敏感的，他能感受到对方所散发出来的需求。女性要的是什么，他们知道。所以，要注意自己的打扮、言行、存在所表达的信息。**当女性自信、尊重自己，他们会同等地对待你。当你依赖、自暴自弃，他们也会厌倦、不屑。**同理，一个年长的男人给予你的是真爱还是欲望，这也是自己的状态所决定的。**改变情感模式需要改变心（信号）的状态。**

489▸ 经历一段孽缘，被欺骗、被辜负，了解真相后发现对方精神伤害过无数女孩。一段时间过去了，我仍然无法释怀，无法消解我的愤恨与报复心，放不下过往，也不懂这类人为何得不到惩处。妄念越来越深了，我实在不知如何是好。

答：自身也是有原因的，不能把全部罪责都推在对方身上。可以做的，其实是检查自己的欲望与缺漏，反过来先反省自己。**因为大多数时候我们改变不了他人，甚至也很难改变自己。**

490▸ 自己在成长的过程中，较多学习了父母的缺点，像是融在血液和基因里。每每都知道自己不必在某些问题上同他们一般思考处事，却总是与本心相违，一次一次陷入循环。不知道该怎么办。

答：可以有突破。人的生命会因为各种因素形成某种模式、习性，它们会带来伤害。通过有意识的学习与训练，可以突破与调整。

491. 您觉得该如何判断一个人是否有写作天赋？除了坚持阅读，还有哪些不可缺少的渠道？

答：写作是个艰苦差事，看自己是否乐在其中并得心应手。任何事情过于勉强、吃力就不要再尝试。除了坚持阅读，还需要加强思考与理解。悟性也需要经过训练。

492. 年轻人怎样才会觉得心安？

答：尽早知道自己感兴趣的人生方向，培养一项适合心性的技能，一心一意地磨砺和行进。

493. 三十五岁了，结婚又离婚，仍然想追寻爱情，觉得有可能一辈子也得不到了，成年人还有这样的机会吗？

答：人始终都有机会。但不要把爱局限在关系与男人这个范围当中。爱是广泛、平等的。**有人说，当爱成为一种自身存在，它应该成为你的香气。这是很美的一句话。**

494. 请问您如何看待现在社会年轻人下班后空洞、匮乏的精神生活？他们的精神世界该如何自我调节？

答：不管是年轻人，还是有家庭孩子的中年人，除了工作、社交、聚会、娱乐、物质活动……作为人，基本的需要是有内心信念。需要为更高级的源头和存在而实现自己。没有内心信念，我们的灵魂失去得到滋养与成长的空间，它会骚动不安。

495、交往时要投入大量的感情吗？如何在恋爱中不至于太失衡？

答：**要认认真真、深情地谈恋爱**。但不要索求、期望太多，以致性格喜怒无常，也不要紧缚对方。

496、为什么一个未满二十岁的女孩总想有肉体之欢，遇见很多人，却怎么也爱不上？

答：习惯了肤浅、快速的肉体关系，就很难有能力与耐心深入彼此的心灵。我们对待事物的方式会形成习惯。如果以后遇见真正喜欢的人，这个习惯会带来伤害。

497、离婚后我一个人需要怎样强大的内心和意志带大孩子？担心孩子受到伤害，以后也不打算再婚，可这漫漫人生路我该怎样好好走下去？

答：作为一个女性，首先是为自己而存在，为自己而活。婚姻是你的生命经历，孩子则是一种责任。但你并不是为了他们而活。让生活尽可能地获得平静、充实，好好打磨自己，让自己愉快。

498、如何对待爱而不得？路的一端终会有人等待和相遇吗？

答：是在爱而不得的关系中我们缺乏得到果实的根本性原因。**一些事情并不是有愿望或很努力就可以实现。需要内在因缘际会重重聚合。需要累积福报**。

499、因为不敢建立亲密关系而孤勇地活着，是一件好事吗？

答：不是一件好事。缺陷之处应该通过学习、训练去改进它，转化它。这些责任都在自己身上，既无法求助他人，也不可能依靠他人而改变。要亲自动手。**建立亲密关系是一种能力。**

500▸觉得这个世界不再那么平和了，冲突和黑暗的事件越来越多。作为一个女性，要如何保护自己？

答：作为个体，不管外境与遭遇如何，**保持自己内心的光明、清洁、正直、真诚，这是最好的保护。**

第六辑

生清净心，
生欢喜心

501▸一个正在跳楼自杀或者服药自杀的人，愣是被其他人阻拦或者送去医院治疗救下，你觉得救下他的这些人对吗？我个人觉得虽然他们很道德，但一个人连想自杀的权利都没有，那也太可怜了吧。想结束自己的生命也要被人阻拦，我觉得痛苦。

答：人的身体难得。人的身体宝贵。如果人能提升清净正念，提高自己的觉知能力，可以尽量避免极端化的选择。

502▸你怎么看待一些专家们的育儿理念？

答：专家们会各有角度，但身为父母，首先是提高自己的心性能力，整合自身整体性素质。有了这种能力，会自己去分辨和思考问题。**在孩子成长之前，父母的自身成长更重要。**

503▸请问写作的灵感通常是来自身边事或者亲身经历吗？如何让故事吸引人？会为了吸引人而特意去制造情节吗？

答：吸引人的情节通常跟是否故意设计还是亲身经历无关，而跟我们如何通过情节阐述观念、见解、情感有关。没有后面这些内容的支撑，再离奇精彩的情节也不过是在浪费别人的时间。

504、你一直强调喜欢与爱的区别。结婚的两个人可以不用互相喜欢。而喜欢的两个人也许不能在一起生活。能否找到那个彼此喜欢并且可以在一起的人呢？

答：有些人可以找到彼此喜欢并且在一起的人，但这需要很深远的积累和因缘。与寻找没有关系。

505、思维很容易倾向负面怎么办？

答：建立起净观，改变负面思维需要经历与过程。它不是一句指令就可以做到。

506、怎么样才可以扩大自己的交际圈认识更多不一样的朋友？

答：**交朋友的前提是平等**，没有自卑或自傲的复杂情绪。对别人产生真诚的兴趣，帮助他人。

507、渴望被男人宠爱，但又不愿意将就。怎么办？

答：女性如果抱着这样的想法，会在情感中受苦。身为女性，忽视、无视自己具备的母性与女性的力量，只想做男人的掌中之物，是舍本求末。**女性如果看重、滋养自己，能量增强，就可以去支持、滋养他人，给予他人正向的影响，包括她身边的人或陌生的人**。如果不能转化对物质、情感的软弱与依赖，不去调整软弱和自私自利的心态，会错失身为女性生命中那些宝贵的特质。

508、为何有些人能按照自己的意志生活？

答：**不随大流，有一意孤行的勇气。**

509▸ 重修旧好，是真的可以重修、可以好的吗？

答：如果修好的只是一段关系的形式，没有去修理自身的弊端，没有认识到关系中的问题与缺漏，无法调和习惯性的对应模式，最终还是一样的结果。

510▸ 如何教育一年级小朋友？不希望孩子在不断做题中失去自己的兴趣爱好。

答：偏重于某部分实用价值，却失去完整性的教育制度，容易削弱孩子的直觉、灵性、想象和创造力。像一棵幼苗，它正需要灌溉、阳光、爱护、空间，粗暴地把它们当作材料对待，置入各种限制和覆盖之中，这是对生命力的损伤。**多带孩子去旅行，去大自然、天地之间远行，增加真实的感知与体验，而不是在都市的人造物里长大**。他们的内心比成人更敏锐和清净，吸收更深。到了一定时候指导他们正确阅读。阅读尽可能靠近真善美的、对精神有提升的书籍。

511▸ 怎样读完大学才是有意义的？

答：不要单方面地只是追求学业成绩与未来求职，要考虑到任何一个人作为个体，是整体性、综合性的存在。我们更需要清楚自己身而为人应该具有的方向。**像一棵树，去苗壮和关注自己的根系，让它深入和有力**。这样未来才会有更多的枝叶、花朵与果实。

512▸ 喜欢和舒服，哪一个更适合成为结婚对象？

答：如果只是考虑自己是否喜欢、是否舒服，没有去真正关心彼此的本性，去观察这段关系对彼此的影响，日后还是会有问题。**一段关心彼此本性的关系，即便经历各种磨砺和考验，依然能具有弹性从而保持平衡，并保持对彼此的爱意。**

513、这个世间真有"金风玉露一相逢，便胜却人间无数"的爱情吗？这个问题听起来有些幼稚。

答：我想应该是有的。只是珍贵的情感需要珍贵的心去盛放，我们拥有这样的心吗？看看我们大多数人通常是以怎样的心去对待世间的关系。

514、我现在追星有点疯狂，感觉自己心理都有点扭曲了，一开始很快乐，现在越来越不快乐了，因为"饭圈"那些破事，每次都想跑路，不想关注了，但是每次都忍不住再关注，还把一些情绪带到现实生活中来，我想知道怎样才能让这种情况好转。

答：这么有时间，没有想过去做些更重要、更值得认真对待的事情吗？

515、为什么悲伤、难受都是持续性的情绪呢？

答：因为没有正念与觉知。不清楚那些情绪到底是什么属性，如何生起又如何消失，没有去觉察与思考过这个过程。所以一些负面情绪会持续，而人习惯性沉溺于其中。懂得道理，才会知道如何正确操作。要学习。

516、请问如何真正地放下物质追求？可我们又需要物质，不是吗？怎样取得一个平衡？

答：我们有肉身，所以需要物质。**但不能只是为物质而活，并且以物质欲望的满足来取代内心价值。应该有一些超越物质的目标和认知。**

517. 写作时，脑海里的画面、情节、人物关系、伏笔需要全部写出来吗？还是挑着读者感兴趣的写？

答：选择自己最感兴趣的写。每一个读者的兴趣点不同，这由他们自身的思考模式和吸收状态决定。怎么可能选到每一个人都感兴趣的？读者对同一部作品的反应通常都是各异的。写作，需要如实表达自己的生命存在。

518. 你是如何在为孩子的消费中把握分寸的？

答：我很早就清楚地告诉她，会购买对她学习与成长有帮助的东西，买需要的东西，这个标准由我来定，我替她选择。这在孩子幼小的时候很必要，因为那时他们还没有独立的判断能力，需要大人确立规范。当她长大，慢慢独立和成熟，我会尊重她的兴趣爱好，但仍会柔和地管理其中涉及价值观影响的部分。

519. 聊聊寻找真我最简单有效的途径好吗？

答：不如说是最先开始的一个途径。做点真正感兴趣的、符合真实本性的事情，不要被外界的价值观、信息流、权威观点、是非纷纭所干扰。做你自己，不随大流。**但也不是孤立与封闭，而是以本性去开放而质朴地应对。**

520﹒我和我男朋友分手了，好了十年，我知道是我的错。但是我不愿意低头，他走了，我该怎么办？

答：好了十年之后的分手，不会只是一个人的错。你意识到自己的错，他也应有反省。这不是你选择低不低头的问题，而是事情走到它应该出现的阶段。**对的感情，它只有一种方式，就是顺其自然、内心笃定地往前走。**

521﹒一直很苦恼，以一颗柔软善良的心真诚对他人，却比不上一张好看的脸更让人尊敬，想变得更漂亮。想得到解答。

答：这是你自己的想法。仔细看看那些不分时空的真正值得尊敬的人，他们真的都只有一张好看的脸吗？

522﹒如何能够在婚姻和家庭中维持精神独立？怎样的精神（思想、信念）能够让自己持续独立自信地成长？个人的一切第一？

答：不是个人的一切第一。精神独立，简单地说，是不期待他人，不榨取他人。很多伤害都来自于此。懂得如何让自己完整，再把这完整分享给对方。

523﹒同时爱上两个人怎么办？

答：哪里有规定我们一生必须只能喜欢一两个人，这也太小看自己的人生了。一般的世俗关系也不是爱。纯粹至诚的爱，事实上是对任何人发生的，不会是只爱一个人，而其他人都不爱。**那是一种理解、慈悲、共情与关怀。**

524﹒思念一个人可以得到回应吗？灵魂会互相寻找吗？

答：不一定得到回应，如果彼此之间的能量频率不一致，或没有发展关系的因缘的种子，那么这只是空想。事情得以成立的背后需要很多因素。

525. 现在在读《月童度河》，适合现在的修行阶段，与心契合。《月童度河》里有许多实相，心被滋润、浇灌。这仿佛是与你最近的距离，感恩亦珍惜。《夏摩山谷》只读了几页，等自身上个台阶后再读。好的东西值得等待。请问您在写《月童度河》时，处于什么样的阶段？文字的展现即是心的呈现，请问《月童度河》是在什么样的环境下写的呢？

答：当时决定要写《夏摩山谷》，预感到会是艰巨的任务，也许持续好几年，而且意识上必然会超出《月童度河》，所以就先把《月童度河》整理出版。这样台阶的方向是对的。《月童度河》是《夏摩山谷》的一个准备和清理阶段。

526. 似乎《夏摩山谷》中的每一个人物都有各自灵魂的挣扎与迷茫，那么庆山，你觉得这本书里有能够被世俗所接受和悦纳的答案吗？

答：这本书里没有整齐划一的答案，每个人只能通过自己的心力去体悟。我写作的时候，没有去想它是否需要被世俗接受和悦纳。我需要构想与表达为自己的主题所服务的内容。**这些内容不是为了取悦世俗，而应该为某种更深远的价值观而服务。**

527. 看了两遍《夏摩山谷》。当看到主人公对现实生活规则的质疑和对新生活方向的探索，对比自身，更多时候是感到伤感和失落，毕竟日复一日，没有改变和颠覆的勇气和信心。您认为我们对生活的信心源于哪里？

答：对生活的信心来源于对自己生命的深切感知。感知无法来自字面答案，而需要通过各种不同的方式去测试、体会、反省和思考。有些人从来不关心这样的问题。但事实上它极为重要，并且我们迟早要面对它所带来的考验。

528．如果一个选择让我可能再也没有勇气走到远方，这一生会在原地慢慢腐败吗？

答：没有什么选择会让我们再无勇气。责任不在外物，而在于心的僵化和软弱会自设牢笼。

529．在一条提问中见你回答"有些人可以和自己喜欢的人共度一生，这与追寻没关系，而是需要有很深厚的因缘和福报"。请问这种因缘和福报是靠自己去争取、积累、培养的，还是真的就是上天注定的呢？

答：你反复提问多次，可见对这个问题很看重。它的回答需要很多层深度，这里只能简单回复最基本的。**请在现实生活中多善待他人，多给予他人一些热能与温柔。**也许时间有早晚，但这些种子会带来果实。

530．好像自身的诸多问题都可以从《夏摩山谷》中一一找到答案。

答：如果在自己的心中已获得某种深入而精确的感悟，不仅仅是一本书，很多时候，一个显现、一个外物或细节的任意碰触，都可以带来启示或答案。

531► 可以给没有太多阅历的朋友一些阅读《夏摩山谷》的建议吗?

答:有一些阅历再去读比较好。如果一个人看过这个世间的错综复杂、明暗不定,经历过情感的汹涌与试炼,感受过自我的挣扎与无力,会有能力去求索与了知现实背后的真相,并且知道如何去理解自己和他人的复杂人性。这样也许可以在《夏摩山谷》当中返照自己的心路,而不是简单地评判还不曾了解的事物。

532► 《夏摩山谷》开始的阅读有些困难,心中有些抵触,慢慢地,随着不同人物的次第登场,倒觉得这样的展开方式也有意思,到结尾部分着重于心悟的描写,时不时地做读书笔记。直到读到后记,有种豁然开朗的感觉!整个阅读过程从好奇、疑问、迷惘、停顿,到思考、开朗、领悟,渐次行进,是一次美好的心路历程!

答:是的,需要有些耐心。**如果能够持续深入,真正进入一部作品的内核,也是一趟自心的旅程。**

533► 在读《夏摩山谷》时,时常发现一些句子,让自己得到了提醒,想画在书上做笔记,让自己随时翻到,却总是害怕破坏了书的完整性和整洁度,该如何处理这样的心态?

答:可以按照自己的习惯画线。对吸收到益处的任何书籍都应保持一种爱护和珍惜的态度。并把自己的感受真诚地分享给别人,让它们得以流动。

534► 如真送仁美在车站分别的时候,仁美安慰说这不是分别,当时还未看到如真在车上哭那一段文字。我竟然都不知自己已经泪流满面。如真是为了失落而哭，还是为感动而哭？

答：《夏摩山谷》中有多段描写哭泣和人物流泪的场景。以前的书中没有写过这么多。这本书中，人物的心是打开的、被清洗的、被震动的。至今我仍认为，**当人流泪时，不管是为了悲伤还是喜悦，或者并无悲喜，都是极为珍贵的时刻。**

535▸仁美爱如真吧？只是他属于众生。如真也爱仁美吧？可是，她为什么又接受了慈诚？

答：你这里提到的爱，几乎都是指代男女之爱。在《夏摩山谷》中，前半部分写了欲海沉沦中的伤痛与磨难，是为了让人物进入下半部分。但这种超越与认知的过程，其实相当艰辛。

"唯一能开花结果的爱，是慈悲"，这是书中的一句话。**人经过这些有限制的自私而动荡的个人之爱的冲击，最终是为了越过它们。**

536▸昨晚开始读《夏摩山谷》，读到如真一路的执着、伤痛，还有和仁美的相识相处，深夜里心痛到泪流不止，这是之前从未有过的感触。很想知道您那么深邃地把自己打碎重塑，那么有力，怎么做到的？

答：我是个很普通的人，只是一直保持学习，并深深感受到个体的微小。**如同水滴需要汇入大海，我们需要寻找内心本然的源头。**

537▸最近正在读《夏摩山谷》，从来没有一本书带给过我如此大的震撼和宁静。

答：遇见一本能够以心去联结的书，是因彼此心境相投。这样的相遇，作者也是喜悦的。

538▸看完《夏摩山谷》后感慨万千。小说中呈现的心识的三生三世只是小说的构造还是本就是如此？再有，你塑造这样的人物是脱离自我的纯粹创造还是有自己影子的投射？

答：阅读《夏摩山谷》需要具备一些基本的人生体悟、哲学底子，这样才更容易互换和沟通。我写作时，在作品中会融入自己的生命体验和感悟。为了表达这些，需要创造情节和人物。这是主次关系。

539▸《夏摩山谷》里的人物关系不再是以往的彼此激发和破碎，而是倾向于一种拯救。想问，现实生活中是否存在可以拯救对方的人？

答：我们是被自己所发掘的珍贵的内心意识所拯救，而不是外物。这个认知过程需要被一些因缘和外在因素引领、启发、激活、澄清。这意味着自身需要先具备相等的条件和资历。如果没有，即便因素出现也无法连接，甚至起恶感。这些因素包括某个人、某个场地、某本书或某段话。

540▸读《夏摩山谷》，起初带着审视的眼光，后来渐渐折服，有智慧、哲思和超越小我的大爱。语言像质地优良的锦缎，不普通，不华丽。环境描写像空中的星星逐一跃出，流淌、变化、不执于某处，读来有舒适感。书读完后，再看公众号的访谈，加深了对它的认识。感恩有您！

答：作者要感恩读者。有读者的存在，才有作者这个角色的出现。作者通过读者的阅读、欣赏和理解，才能持续进步。

541﹐你觉得你是越来越出世还是入世呢？

答：这两者之间不是二元关系，不是非黑即白的独一选择。有时出世是为入世，有时入世是为出世，它们是平衡而相辅相成的关系。

542﹐最近在看《夏摩山谷》。总觉得不可在现世的嘈杂中阅读，每次都会找安静的地方，最近两天在深山处外婆家看。现在不知如何可以消除脑海里的杂念，关于丢失的爱人，关于看不到光明的路。

答：先尝试正确的静坐方式，这是去深入面对杂念和调整它的机会。坐不住也没有关系，慢慢稳定感受。最好增加运动，健行、爬山、慢跑、游泳，种种。

543﹐看不懂你的新书了，咋办？

答：把它放在书架某处，等一段时间再看。这个时间的长度取决于心境是否相符。

544﹐怎么样开始心灵修行之路？又怎样把心清空、清除，成为有纯度的容器？具体的做法望详解。这是一直以来想做又困惑的事。

答：这不是一句回答能够解决的事情，需要坚定心意，尝试去学习、思考、践行、晋级。起码可以先从学习开始，多读相关的书籍，听一些相关的课程，与善知识交流。把学习到的观点与自己的言行结合起来，以现实为境进行磨炼。还会经历思路上的反复过滤。这是一条艰难而珍贵的道路。一言难尽。

545.《夏摩山谷》里的人物多半都是通过虔诚地信仰宗教而获得重生。但实际生活中大部分人是接触不到宗教的。请问，我们如何平衡内心和自我成长？

答：人并非只能通过宗教来获得改变。《夏摩山谷》里提及的是心性训练、体悟真理、探究法性、身心实践，而不是某种限制或僵硬的宗教形式。**一部分现实中的人借宗教之名麻醉和回避自我，但并不真正实现自我成长。**我们真正应该深入的是真理核心，宗教哲学包含其中。更重要的是在生活中实践。

546.控制欲望的确可让身心自由、清净，可是维持生活需要钱，摆脱不了现实阶段。这是修行遇到的现实问题。该如何精进？

答：需要保证基本日常生活的运行。现代社会面对的更大问题是无限制的欲望发酵。可以问问自己，哪些是必要的，哪些是主流的物质价值观给予你的压力和变异。

547.简单来看，如何区分爱与执着？

答：如果是在情感关系中，爱是自由的、清凉的、敞开的、接纳的，让彼此都愉悦。执着是热的、限制的、自私的，会烧灼自己和他人。

548. 请问您如何看待知乎里对您的新书《夏摩山谷》的评价?

答:我几乎不看网络平台的评价,不同的读者只能按照自己的心力和思考深度去理解作品。有些人可以成为真正的读者,有些人不是,顺其自然。通常人都是从自己的角度来理解事物,所以没有人认为自己的想法不对。但人的想法随着以后的经历或变化,会发生转变,所以其实也并没有什么固定的评断。在微博会清理一些无谓的争论,网络上随意宣泄个人情绪的地方很多,个人微博是一个客厅,需要来客自控、有基本的交流素质、彼此尊重,这样才能提供给大家一个清净的交流环境。

549. 最近看有关你新书的帖子,然后发现有人各种颠三倒四地诋毁你的作品,想问,你都是用什么样的心态来面对这种人?我看着很生气,想骂人。

答:每个人只能从自身评价体系出发去认知作者或者一本书,这是各自心性的折射。如果有这样的人存在,我会替对方觉得有些可惜。**我们对待事物与人的方式,善意或者恶意,通常会折回到自己的身上。**

550. 这几年你的表达越来越趋向于容纳、流淌、向阳。是否考虑过专门对恶之必要的描写?

答:我的小说里已经写过很多的恶之必要。《夏摩山谷》里也有黑暗层面的经历。事实上,我不觉得这是善恶对立的。它们是一体不可分的,只是彼此在转化。

551. 《夏摩山谷》还在阅读中,觉得每一个人物都是不同变化的自身、修行中不同体会的庆山。书中的人物对话也像是庆山在跟自己对话，与不同时间段的自己对话。

答：作者在创作中，有时会让书中人物承担起自己内心不同的面向与质地。以此，心折射出各个层面，好像在空无中建立起重重叠叠的亭台楼阁。表达结束之后，亭台楼阁即消失，一切仍归于空无。

552▸虽然我自己不会写作，但作为一个读者，我于文字中感受到你发出的振动。就像你阅读前人文字时一样，虽然已经不在同一时空，但知音的弦动如短波相接，已经超越了时空。

答：这是文字的意义所在。文字应是为了承载人的经验与思考而留下。

553▸对一个二十岁左右的女生来说，最需要清楚知道的事主要有哪些？想少走点弯路。

答：趁年少有力，多付出一些努力，做好准备。好好地学习、成长，以后能够做到经济独立、情感独立。这样会免去很多苦痛和烦恼。

554▸什么样的感情才算是一段好的感情呢？

答：也许是像清凉而新鲜的清晨空气，一切自然，彼此能够自由而充沛地呼吸、生长。**再高级一些的感情，会像船只，载着两个人到彼岸，升级彼此的意识。**

555▸我一直不明白，女人对男人物质上的需求到底是对的还是错的，就比如很多女生比起"我爱你"这三个字更喜欢听"我养你"，可难道人不都是独立的个体吗？为什么要依赖别人，而且还以此为荣？

答：女人与男人之间并不是彼此隔绝，分得干干净净。而是建立互相提供支持、照顾、爱护、帮助的关系。都有付出，都有得益。这是真正的平等。

556▸在决定人生中的第一份工作时，什么该作为最重要的考量？

答：如果有现实的压力，先考虑解决现实问题。如果没有太大压力，看一下它是否能够提供磨炼和提升的机会。

557▸如何算真正直面内心黑暗？

答：**你知道在自己的内心，有良善与光亮的一面，也有黑暗与犹疑的一面，同时知道他人也都同样具有，无一幸免，所以不会以自己的黑暗为羞耻，也不会随意去嘲讽与蔑视他人。**你会去观察和转化，并且得到很深刻的理解力。

558▸逐渐发现和伴侣的思想契合度很低，两人精神世界存在隔阂和断层，她无法听懂和理解我的理念思维。我对这种隔阂感到不适。应该如何消除？

答：伴侣尤其需要彼此能量均衡，这样才能产生相互的增进和提升。这应是在确立关系之前观察清楚的要点。**如果已在一起，要接受对方的真实模样。**人生不尽然都是完美的安排，更多是有欠缺的、有漏洞的。如果无法分开，至少要善待。

559. 现在生活中除了家人几乎没有可联系的异性，所以如何遇到生命中的另一半？我认为这不是仅凭等就可以等到的。

答：你可以认真工作，多读读书，出门旅行，发展一些兴趣与技能，先充分过好独自的生活。而不是无所事事在家空等，这样确实是等不到的。

560. 我特别爱吃东西，即使不饿，也会翻箱倒柜吃点什么。吃东西特别快，像难民一样狼吞虎咽，可能是对时间感到焦虑。想知道为什么。

答：也许是内心能量匮乏，直觉告诉你需要填补，但不知道如何正确运作。进食是简单而原始的方式，但它改变不了根性。需要深入去观察自己，面对现实，通过修习先提高整体能量。能量提高，会有新的感受出现。

561. 请问该怎样面对自己的黑暗？感觉在不断下沉。

答：人所面对的问题从来都不是独有的，而是不分时地，很多人都在面对。如果能从更广阔的视角去看待境遇、状态，会觉得并不是那么无助而孤独。**最好先脱离惯有的生活模式、习惯，做一些新的事情。**

562. 我需要收敛自己的怪脾气吗？我总是语言过激，爱和所有人吵架，我活在自己世界里，不明白是要挣脱出来，还是要继续独处，是去阅览书籍度日，还是继续不接触外界，以及司空见惯的相亲交友。

答：心太紧张了，会制造冲突，也被捆绑于某种自我执着。逃避不能解决问题。要解决这颗心的问题。

563. 作为母亲究竟应该怎样提升自己？如何给孩子正确的教育？

答：不过于关心孩子的衣食住行，照顾妥当就可以。这样可以留出时间让自己读读书，依然保持学习，并且有修养心性的爱好与活动。**如果母亲有丰富和开阔的内心，孩子和你在一起能够学习到很多东西。**

564. 请问您会让孩子接触手机、电脑等电子产品吗？带孩子很累，拿手机给她玩就会轻松许多，但以后一定会对之上瘾。

答：尽量避免让孩子过早接触手机、电脑等电子产品，除非到了学习阶段有必要，但也要严格控制使用时间。电子产品对孩子及成人都有负面作用。孩子正常的童年应该是有同伴一起玩，在自然环境中，感受与人、土壤、山水、万物的接触。但我们目前社会价值观混乱，成人的时间大部分贡献给赚钱的欲望，或陷入肤浅娱乐获得放松，反而对孩子敷衍、懈怠。**给予孩子尊重、爱惜、照顾是成人的责任。**

565. 昨天给孩子开完家长会，心里好难过，不禁想问问，孩子是否应该入学接受学校教育。现在的教育方式，尤其是大的教育环境极其不符合个人的价值观及认知，我想大多数家长都对此问题有很多意见，只是没有办法改变。

答：孩子的教育不能只是依靠学校。并不是把孩子放在学校，家长就不再有责任。**事实上，学校的教育是一部分，人的教育还有很大一部分来自他所处的环境、家庭、社会，以及自我教**

育。当认为学校教育不尽人意的时候，家长更有责任给予孩子深度和有益的引领，提供有正面影响的家庭环境。并让孩子学会如何去持续地在生命过程中进行自我教育。

566. 能讲讲恩养吗？很想知道你这种有智慧、有见识、有能力的人是怎样做母亲的。

答：我只是一位普通的母亲。如今她慢慢长成少女，我给她足够的信任，以便她去尝试、体验、琢磨自己的生命。尽量给她自由生长的空间，保持内心宁静，没有其他。

567. 我想问问你最想做却还没有做的事情是什么？或者有没有什么让你觉得后悔的事情？

答：没有觉得后悔的事。因为我觉得一切发生的，都是需要发生的。我想去一些有古老文明的地方旅行，比如埃及、阿富汗、伊朗、智利、土耳其……种种原因还没有实现。

568. 在这个复杂庞大矛盾的社会体系里，身边的女性朋友对于爱情的选择很是现实。想问庆山，爱情和面包它们到底是个什么关系，谁是更重要的。

答：真正决定一段关系是否稳定、有趣或长久，在于我们的个人存在。如果不懂得如何提升与完整个人存在，不管这段关系是为了面包还是为了爱情，最后都会有问题。

569. 时常感觉厌恶许多人，喜爱极少人，这是我的错吗？我应该怎么去做？

答：是有些错。尽量多看别人的优点，忽略他人的缺点。保持这种净观，对我们自己有很多益处。

570、爱情是否可遇不可求？

答：**做好自己，播下美好的种子，温柔善待他人，保持有益于世间的心愿。**然后耐心而安静地观望种子开花、结果。勤劳、真诚，但不需要有什么期待。**有种子的事物，得到机会就会显现。**

571、怎样学会辨别身边的人是单纯对你好，还是出于某些目的？

答：看他是单纯地享受与你相处的乐趣，还是最终有利益的期望。

572、在职场，很难圆融地对待别人。好像心里一直有个底线且爱憎分明。明知道这样的做法在职场并不适用，却还是很难笑脸对待自己特别讨厌的人。

答：有些人的个性耿直，不屑于谄媚、虚伪，这是真实天性，不需要改变。但不管是在职场，还是在其他环境，对他人有礼貌、保持善意、有所帮助，这是应该做到的基本准则。强烈的好恶情绪，起源于我们内心的二元对立。这种对立会引起愤怒、厌憎等负面情绪。**可以用更广大的平等心及更深层的理解，去看待身边的人。我们与所有人其实都是一样的，是一体的。**

573、我对人性没有信任，对感情更是没有。有一句话是，你觉得别人复杂，是因为你复杂。我发现自己脑子里充满各种想法，联想到别人应该也是这样，只是没有说出口。对此觉得难过，想听听你的想法。

答：认识并保持内心的净观很艰难，但也很必要。这需要训练，要自己去学习。

574． 自己热爱的工作不足以安稳度过余生，应该继续执着还是另谋出路？没有勇气走出小城，需要一个理由或者一句话鼓励，让自己追求更好的。需要你的回复。

答：我之前已说过多次，任何选择都需要冒险、承担代价。人不必奢望轻而易举地获得两全。世间没有这样轻松的事情。

575． 怎么保持自律？我拖延症很厉害，每次坚持几天就又回到原样，爱做计划但是每每计划作废。这样循环好累好自责。

答：明确一天中最重要的几件事，专注地做完它们。其他的琐碎事，可做可不做。

576． 有哪些给过了三十岁的已婚女人的建议呢？

答：不要去想年龄是过了三十还是四十，情感状态是已婚还是未婚，这些不重要。先意识到，自己应该是一个独立、饱满、丰富、求索的人，并且有充沛的女性能量。你所做的一切、你的生活，**首先是为了让自己更完整，然后去爱他人**。

577． 我的问题是，老去的父母逐渐不能沟通，而我渴望得到他们的理解。如何应对生活和沟通中产生的矛盾？

答：我们要允许别人以他们独有的模式和习惯生存，也要允许自己成为自己真实的样子。这种自由度其实对任何类型的人际关系都有帮助。

578. 如何才能变成更好的自己？

答：虽是一句简短的疑问，为了得到答案、为了让心识升级，却有可能付出一生或者不止一生的持续努力。这是需要去探索和践行的一套庞大体系。慢慢去体悟。

579. 想问下你对觉知的理解与看法，你在采访问答中有提到这个词。它是一种品质性的行为吗？

答：它是一种可训练、可操作的行为，是为了最后形成品质。当你在喝一杯茶的时候，可曾意识到那一刻的心理状态；当你与人说话的时候，有没有能力意识到当下自己的细微动机。从日常细微处去慢慢积累这种警醒，它最终能够帮助我们身口意的净化与逐级改进。

580. 如何在任何一段感情中都保留一部分抽离的状态，不全部投入？

答：如果没有投入和尽情，人大概也得不到喜悦。**投入无妨，重要的是不起杂念，即，不奢望它不变，也不恐惧它也许会变化。**

581. 为什么我们有时候感受不到爱？是自己的问题吗？

答：这是生活常态，你可能感觉不到自己的爱，也感觉不到身边处境能够提供给你这种爱。因为爱本来就稀缺，也许比任何财宝更珍贵。大部分陷入其中打转的不过是关系和欲望，但都被冠以爱的名头。

582. 对做真实的自己有什么看法？做真实的自己需要一开始将小天使、小魔鬼都放出来吗？感觉这样才能得以自然应对变化，扩展认知后再修正自己。

答：做真实的自己，前提是你并不是很在意身边的人如何评价你。如果在意他人的评价体系，需要纳入集体规则，很难按照自己的方式做事。但按照自己的方式做事，并不是把内心的小天使、小魔鬼任意展现，这只是自私任性。这份真实应该有益于自己，有益于他人。

583. 每次看到你开放提问就很开心。想请问，觉得自己活够了，是一种错误的觉悟吗？生而为人，到底为了什么？

答：即使觉得活够了，也不能私自决定离去的早晚。**既然时间在这里，不要虚度，不如充分利用这趟旅程。**生为人身很珍贵。生而为人，应该以此生为工具，让自己的生命格局升级。

584. 想和你探讨一下归属的问题。例如房子，外国人以享乐为先，他们宁愿租房子也不愿辛苦做房奴，而中国人恰恰相反，要有根，家的前提是有一所房子，所以就算怎么熬也要有一套房子。也许是国情不同。确实，有属于自己的房子才有归属感，租的始终是别人的。这算不算是一种执着？对喜欢的人同理。

答：当人无法感受到物质之外的存在所提供的满足时，就会专注于物质本身。比如，人感觉匮乏，无法体会到心中的爱、自尊、快乐，就会愈加渴望美食、奢侈品、娱乐、各种物质刺激。并且对自己、对他人也只有一套固定而限制的物质评价系统。**同样，如果我们并未把对方当作一个真实的生命去爱，就会物化对方。把爱的人只当作一个可以为自己提供快乐与满足的物品。**

585﹄怎样表达爱？

答：倒未必要说很多。有时只需要温柔地微笑，默默地陪伴，为之做些力所能及的事情，彼此欣赏和支持。多些耐心，少些企求。

586﹄特别没有安全感，男朋友不联系我时便会胡思乱想，想知道他每时每刻在干什么。我该怎么去调试自己的内心？

答：需要他人来填补自己的情感需求，说明自感匮乏。一个人有趣到独处时也不觉无聊，他人与你相处时也会感受到你的丰富和完整。匮乏而饥渴的人，通常会使得对方逐渐远离。

587﹄旅行都会做些什么呢？

答：**做些很日常的事情。好像就是在别处生活。**

588﹄怎样才能放下手机，静心地看书？

答：在看完这篇回复之后，就放下手机休息吧。开始就可以。

589﹄伴侣能成为拯救者吗？

答：不能。对方有可能比你更需要拯救。

590. 电影里说"你根本没做错什么，大家都是这样子的，爱会消退"。真的是这样吗？

答：如果这种爱只是常规的男女之爱，各自单方面抱着自私的期待和幻想，那么它是会失望和破灭的。

591. 我是你的第一批读者，到现在其实很多问题在书中已经找到答案。目前所苦的是伴侣有性格缺陷，习惯用冷暴力处理两个人之间出现的一切问题，不沟通，不理睬。我现在怀孕，不说对我有多少照顾，甚至一如往常，一丁点儿小事就冷战，不放过自己也不放过我。到底该如何与有性格缺陷的人相处？

答：人在决定结婚之前，最好真实了解对方的基本性格，以及自己是否能够对应对方的属性，这能够避免事后的失望和无奈。大多婚姻进入苦楚的轮回，是因为在其中放置太多的期待，而没有去理性地看待如何互动，维持关系的平衡。

592. "一段健康的感情会予人以正面情绪，不健康的感情甚至会让人变态。"想起电影里的病态爱情，女人过度的占有欲，男人没有给予安全感，争吵、流血和疯狂。我在想是否有真正健康的感情，如何定义，以及怎样给一个人健康的感情。

答：调整和疗愈自己。把自己治理得健康，感情也会健康。健康的感情是让彼此都成为更平衡、更有空间去生长的人。

593. 为什么总是得不到自己想要的？

答：得到一个结果，需要有种子。有时人很努力，但并没有提前种下种子，努力不一定有结果。任何结局都当如是观。日常最好有善意、有善行，多增益他人。

594▸ 对女儿的依赖太深，怎么办？感觉离不开孩子……

答：要有爱人，有一些朋友。包括建立与父母长辈的良好关系。对孩子来说，她更需要一个情感关系丰富而均衡的母亲。

595▸ 如何对待工作后阅读的心境变化和时间减少，好像少了一点心动的时刻？是生活把我磨平了吗？

答：是自己的心在躁动。阅读需要内心静定，这样才会与文字发生有效的互动。如果发现自己读不进去书，就要反省一下自己的生活方式。长久不读书（我指的是纸质书），人会感觉到匮乏，没有滋润。

596▸ 有人告诉我，我们这个年纪结婚，爱不爱的不重要，男孩子条件优秀，你也觉得对方不错，就可以了。真的可以吗？

答：任何选择都会带来特定的结果。**如果自己不害怕某种结果会带来很大的挫折和失望，尽可以去尝试。**如果害怕，那么谨慎与清醒是必要的。

597▸ 庆山，希望你能回复我。我想问，父母对子女，从工作到找对象、结婚生子，什么都要干涉，要求听他们的。父母称之为关心，但是我的感受是反感、压抑、不开心。像这样的情况，有没有解决方法？

答：有没有想过，父母对孩子的感情如果纯粹出自本能，自然带有人性固有的偏狭和缺陷，前提是，他们的确深深关心你，只是不知该如何正确地去爱。当你以后有了自己的孩子，会体会到这一点。所以，任何时候，内心要认识到父母的这种感情。但同时，尽量保持自己的独立性，避免过于依赖。

598▸改变伴侣有多难？比如说希望他走在路上不要盯着异性看这种。

答：如果我谈个恋爱，连看一下异性的自由都没有了，那么这恋爱不谈也好。

599▸都是为生活奔波劳碌的微小人类，状如蝼蚁，风雨兼程。大多数人，是否都是要一直如此疲于奔命？意义何在？

答：有些人的生活也许不是那么富裕，但如果他们有信念、信仰、文明与文化的奠基，有自己的生命骨架，也能够保持某种心境的平静与温柔，面对现实存在。**只有欲望深重而不自知的人才会始终疲于奔命。**

600▸新的一年，可以送我一句话吗？

答：愿我们生清净心，生欢喜心。

第七辑

真正的幸福是什么样，
从哪里来？

601▸从小学一直读到大学，毕业后觉得人生混沌，失去方向和意义。最大的感觉是受欺骗。工作，甚至人生。这来自于家庭、老师、领导等各方面，原有的价值观和心智被摧毁，备受折磨。这种感觉该如何面对？还是说这是成长必经的过程？

答：年轻时候所经历的一切遭遇，包括烦恼、伤痛、疑惑、波折，如果能够保持自己的正气，继续朝着精进的方向努力，日后看看，都是可贵的磨砺。前提是保有初衷，不轻易被世俗折服，不人云亦云，随波逐流。

602▸请问，您认为女生要如何才能更好地培养自己的气质？如何做到独立、清高、自律、端庄？

答：不必设定这么多理想化的词。按照本性去活，尊重和施展天性，也接纳自己的优点和缺点。**自然而然地去生活，心境放松，内心宁静。这样你也会用同样的方式去接纳与尊重他人。**

603▸无法克制地在意他人的评价，要如何一步一步成为一个自足之人？

答：要有自信，相信自己心中所确立的。但不是盲目自信，所以要先有学习，学习真理，学习智慧。

604, 现在身处国外，语言不通，无法融入，一个人的孤独被放大了无数倍。找不到前进的方向和生存的意义。请问，对生活毫无眷恋的时候，怎样才能安住于自己的心？人活着，快乐是必需的吗？

答：在这些不安心之前，在想着自己的不快乐之前，先想想父母为了送自己出国，提供异国的学习环境所付出的努力，以及自己如何利用这个有限的阶段来做一些自我建设和完备。而不是虚度光阴。

605, 每天都刷微博、朋友圈或者看剧，感觉脑袋放松，又感觉在浪费大量时间。请问该如何才能真切体会生命不易而短暂？另外如果可以回答，请问你每天放松的时间有多少？都做些什么？

答：人的惰性、习气，是因为缺乏警醒和觉知，沉溺其中，没有能力抽身出来旁观自身状态。人的成长不能依赖于轻松的事物，需要一些高浓度的有营养的阅读，需要克服自我的训练，也需要做些有耐心并且持之以恒的事情。在真实的生活中去逐步积累经验。

606, 明明爱到骨子里的人，前一秒还愿意为你付出一切，为什么下一秒说不爱就不爱了？

答：**这其实并不是爱，而是自己对他人的期望与控制。这是我们惯有的感情模式，喜欢对方，不过是希望对方为自己的感**

情服务。当期望不能如愿，控制不能成效，所谓的爱就成为恨意。

607. 和前男友分手四年了，近期他又来找我，可是面对他失控的依然是我。说爱我，却和现在的女友不分手，我永远都在等待状态。我该怎么办？

答：取决于你的状态。如果你匮乏而无力，只能暂时由他控制。如果你清醒而理性，会自动离开他。

608. 怎样才能打开心扉与异性相处？

答：不管对方是何身份、性格、特质，你先想到，对方的情感向往与你并无什么不同，大家都希望在关系中得到快乐，而不是痛苦。如此推心置腹，**你所不想得到的，也不要给对方；你渴望得到的，也付出给他**。

609. 常常说遇到困难要面对，可是怎样做才叫面对？分析原因，分析内心根源，或者做些积极且有益身心的事？可这不也是在转移注意力嘛，该如何寻找到出路？

答：有些困难发生并且存在，你没有可能去弥补或解决，这也是一种需要去面对的状态。以前我在书里写过，**一个杯子打破了，那么扫一扫，去倒干净就可以**。

610. 我常觉得和人交流很心累，感觉要处理很多源自他人杂乱的、可能是未经反思的信息，时常担心他人带来的负面扰动，无法放松地去交流，经常自我封闭。该怎么改变呢？期待回复。

答：我也会定期自我封闭，避免外界和外人的干扰，做一些自我清理。但这不能成为生活常态。如果我们对他人能够有更多理解，就可以看到他们存在中的更多深入和丰富的部分。

611. 不想继续上学，想去打工存钱，然后旅行。不想继续上学是觉得所学知识没多大意义，到底非心之所愿。不知道这样的想法会不会过于单纯或愚蠢。心中有理想的自由，觉得是自己没有足够的能力去获得。祝安。

答：世间并不是所有的年轻人，都必须通过获取高学位或从某名牌大学毕业之后，才能得到圆满的人生。当然有这种结果也很好。年轻人应该努力，不懈怠，不消极。但这种努力不是在主流价值中随波逐流、身不由己地消耗，重要的，是去培育和感受自己的天赋，做适合的事情，获取经验和成长。

612. 为什么你的很多书，都以情爱故事为索引？

答：情爱关系覆盖生命所延伸的几乎所有的基本命题：我们的欲望、妄念、无明、苦楚、孤独、成长的背景与历史、心的困惑与挣扎、精神的探索、情感的追寻……它包含了一切。

613. 大龄单身女青年应该如何对待性？

答：把性当作一个美好的礼物，而不是以此去交易婚姻、承诺、物质，也不自伤和伤人。如果身心独立，对自己负责，对他人负责，便能够把性当作一个礼物，而不是工具。

614. 如果一个朋友两次不回微信，但是都发了朋友圈，该怎么办？

答：何必在意？他想回就回，不想回也自然。给他人自由，是给自己自由。

615. 没什么好问的，答案好像都在自己的行动之中。那些道理被写尽，话被说尽，需要花心力去感知、运用。这是看《夏摩山谷》的感受。有时在生活中能感应到它传递的能量。性本空，自在，无贪着地认真活在当下。

答：是的，在生活中去实践，通过细微而实际的行动去验证、对照、消化、调校，认真地活在当下。

616. 可以分享你现阶段的生活状态吗？好的、不好的心路历程是怎么走过来的？

答：密集工作之后，适当地调整身心。对于生活中发生的任何事情，我基本上采取顺其自然的态度。**认真做好眼下事，无须思前想后。**

617. 我认为一个人和任何一个人或事之间的关系，远没有想象中那么牢固，任何失去的悲哀都会被另一样人或事物所取代，我们诚然在不断地离别，却也不断地寻找着替代。想问，人和人之间除了血缘还能有牢固不可灭或就算分开了也一直惦念的情感吗？

答：**把你此生遇见的任何人，当作旅途中邂逅的旅人。**知道迟早要分离，在一起时就会心生珍惜。尽量让对方觉得快乐与宁静。

618. 想以自己喜欢的方式过一生，会如愿吗？似乎很难，现在的生活没有物质、钱财就不能实现似的。请问你怎么看？你的生活观是什么？

答：可以用自己喜欢的方式过一生，前提是愿意付出代价。我们需要基本生活保障，享受生活的美感与丰富。但这享受度其实与自己内心的美感与丰富相关。

619. 请问，该如何面对文学创作中周期性的自卑心理？

答：每当在书店里翻到一些写得很差的当代文学作品，我也会有沮丧的感觉。但如果读到一本特别喜欢的书，又觉得很受激励，觉得文学充满价值与意义。我没有体会过自卑心理。**我的感触是，如果在创作，尽量多读好书。这是让自己前行的最好动力，因为你会懂得一本书如何在激励与净化他人的心。**

620. 怎么对待对方的过去？虽然知道已是过去了，但对自身来说仍是心结。

答：人有自由、有权利拥有自己独特的过去。这是生命体验、生活经历，是每个人都会得到的记忆。如果觉得对方只是自己的独有物，不应该拥有自己的过去，那么这种恋爱观不够成熟。

621. 都在讲爱情，怎么才可以不讲爱情？我的意思是，怎么才可以忘记爱情这件事情？

答：每个人的生命需要经历不同的阶段。某些阶段，学校考试很重要。某些阶段，工作或家庭或个人追求很重要。但我们一定会经历一个阶段，觉得爱情很重要。**阶段会变化，只是时间问题。**

622. 人与人之间如何去化解各种不同观点造成的冲撞？是否任其如流水般流走，让时间来揭开真相？

答：如果有自信，可以坚持自己的立场，不必要说服和解释。可以倾听他人的立场，从对方的立场去理解他的观点，当作对自己的参照。

623. 拯救男人的一是体育，二是游戏，三是烟和酒。拯救女人的是什么？

答：拯救男人的也不应该是这样的三种方式。这不过是逃避。**女人要爱自己，懂得去学习独立、自助、自我教育，而不是一味地依赖和期待男人。**

624. 您觉得作为一个作家最重要的品质是什么？

答：我认为写作者最重要的品质是真诚、有信念。真诚意味着他能与更多人做出有效的分享，**心只会被心打动。**有信念意味着他所分享的能够对他人有益，这是他的历练所得。

625. 一方面知道通过写作可以获得内心的安宁，寻找到生命真相。另一方面又觉得写作有发表作品的焦虑和功利。如何调整心态？

答：写作与其他职业不太相同，尽量让它来选择你，而不是你去选择它。这些话我之前说过。**写作尽量避免焦虑、功利，否**

则它无法滋养自己的心。如果它没有滋养自己，同样滋养不了别人。

626. 为什么有些作家无法指明人生意义呢？是他们自己不知道吗？

答：写作者有各种类型，各种分工。不是所有的写作者都需要研究心性，寻找人生意义。他们可以写任何自己感兴趣的题材，因为读者也需要看到各种题材的作品。**但我认为，关于心性写作的工作，需要一部分人来做，因为最终这是人最根源、最本质的问题。**

627. 写作新人如何克服发表作品的焦虑呢？

答：只管如实而认真地去表达自己的内心世界。如果不抱过多野心，写作其实是一种比较单纯的工作。

628. 时间越久就越看清一个人，生活都不值得诉说了，怎样才能让对方同意分开？

答：分手不需要两个人都同意。真正想分手的人都会有办法离开。

629. 现在大家都喜欢或者信奉这样一句话，"我相信爱情的存在，只是我不相信爱情会落在我身上"。不觉得爱情存在于自身身上，那么还可以因为什么结婚呢？

答：这是一段错语，没有理由去喜欢或信奉它。人的生命中如果有某件事的种子，自然开花结果，连自己都无法阻挡。

630、我们一直在追求幸福，可是到底什么是幸福？

答：你会在新闻中见到，一些曾经很有名、很有钱、很有身份的人最后选择结束自己的生命，可见外在的这些也不是幸福的决定要素。**那么真正的幸福是从哪里来的，是什么样？可以去思考这个问题。**

631、有时候说话得罪了别人但不自知，如何能让自己说之前就能明白有些话不可以说出？

答：应该时常关注自己的身口意，尤其是话语部分。轻率、恶意、偏见、独断的话语都会伤害到别人，同时射出去的箭也在无形中回转能量，让自己的心更为受限。说话时的自我关照，在于不随便去判断、下结论、负面指责，以及试图控制对方。尽量说柔和的、有益于对方的言语，以对方容易理解的方式。

632、您如何做读书笔记呢？誊抄下来还是在书中标注？期待分享方法。

答：我会清理出书中重点，在笔记中重抄一遍，目的是再次加深印象及整理核心内容，以便日后反复重看和消化。

633、即将步入婚姻，严重的控制欲让我随时濒临爆发，想一切都管着他，因为这些也害怕结婚，害怕婚后失去自我，害怕不再自主……

答：这段未来的婚姻看起来有些危险。任何合作关系需要双方具备理性的心态和共同建设的能力。**光凭靠热情或控制，无法长久维持。**

634﹒入睡前做些什么会比较安心？

答：我会静坐一会儿，做些观想。

635﹒你会害怕不确定吗？每次遇到无法把握或预期的事情，我就会想非常多可能遇到的问题，感觉是陷入焦虑中无法自拔。虽然这样的性格，在工作的最初几年，从结果来看还可以，因为每次都做足功课，算比较靠谱，但这样的焦虑本身真的很折磨人。

答：焦虑来自于不自信，控制欲强，以及对结果的要求。事情最好抱着努力耕耘不问前程的态度。事情的成败背后，有很多无形因素，个体其实无法把控。在当下付出全力就可以。

636﹒外婆重病住院，妈妈照顾得特别辛苦。我们其实很少有直面死亡的思考，该如何助人，帮助病人和亲属度过这段艰辛的时期？想听听你的想法，谢谢。

答：慢慢地，我们会通过他人或自身的经历，体验到人世的生老病死之苦。**如果从中开始去思考，人到底是为了什么而活着，应该如何去活着，这是苦所带来的有益的警示。**

637﹒如何让自己快点儿从一段结束的感情中走出来呢？

答：结束一段情感关系所产生的痛苦，有时并不是对方有多令人留恋。既然选择结束，必然有无解的问题。痛苦来自我们感受到情感的失落，爱与安全感的通道暂时被封闭，并由此产生软弱与孤独。如果自身能量比较强壮，失恋不会导致一蹶不振，或长年不忘。这种情绪也只是我们对自身无力感的逃避。

我们对外人、关系、外物、外界的依靠与渴求，**有时是因为自己的心不够有力量。心有力量，少有孤寂。**

638．我想问，怎么确定现在面前这个人就是自己的结局了呢？会不会自己再变好一点，能遇到更好的人？

答：我们遇见的每一个人都不一定是自己的结局。何必去思考这个问题？当他出现，这就是他需要出现的时段。那么彼此应珍惜这相遇的因缘，在这个时段互相善待和爱惜。

639．三十岁单身女性，几年来与一些异性相交，感知他们身上性格等诸多方面不是自己想要找的伴侣。如你所说，伴侣并不能拯救我们，对方很有可能更需要拯救。拜读新作，虽然如真在世俗中如此不堪，最终却遇见慈诚。想问您，如何遇到像《夏摩山谷》中慈诚一样包容的爱人？这是我的思索与困惑，望得到指引，盼复。

答：我之前说过这样的观点，一段关系能够维持，需要彼此能量对等，付出的心力对等，而不是控制、依赖、独占、索取。如真在遇见慈诚之前，已做出很多努力。**她提高自己的能量与心力，因此遇见对等的人。**

640．如果一个已婚男子喜欢你，对你很体贴关爱，你渐渐依赖他，该怎么办？

答：任何人喜欢我们，首先需要用心去体会与分辨的是，他的喜欢是建立于对你真实生命的理解与欣赏，还是仅出于对肉身的欲望。

641 怎样看待性爱？女生一旦不是处女，就不值得被爱了吗？会有很多人觉得婚前有性生活是女生不自爱的表现吗？

答：在二〇一九年还看到有这样的提问，心里觉得很可惜。性是神圣的自然能量，如何去使用它，主动权在于我们自己。而如何选择去使用它，只能来自于你对它所产生的认识，以及这种认识抵达的深度。

642 三十一岁的我一度以为不会再有令自己心动的人，可最近突然喜欢上一个不可能的人(已婚)，那种感觉不可名状。虽悲伤多于平静，但是比起三十一岁之前的空白，我仍觉得能暗暗喜欢一个人真好啊。爱让人流泪，爱让人变得小心翼翼，爱，让人失落。但不会越雷池。

答：心动，喜欢，都是美好的事情。但勿随意用人性弱点与世俗规则去考验感情，因为世间常规的男女之情基本上经不住这些考验。**如果有真正的爱，那么对爱而言，它像花朵一样静默地开放着即是存在本身。**有时远远地看，深深地感受，也很好。

643 恋爱中找不到心灵上的亲密感怎么办？

答：大多数的恋爱不过是为了逃避寂寞、孤独和脆弱，暂时聚合一起取暖。**因彼此虚弱，难免贪嗔痴纠缠。**心灵的亲密是奢侈的关系。需要两个人都拥有平衡而丰富的心灵，并且有相爱的因缘。

644 我想问您是怎么理解和处置"得不偿失"这四个字的？就比如

说为了工作挣钱，拼命、拼命，把自己拖空了，然后拿钱去想怎么把垮掉的身体补回来。

答：这可以叫得不偿失，也可以叫轻重不分。不知道自己生命的基础应该建立在什么上面，生命最重要的方向是什么。大部分人都只是被外界的价值体系和物质潮流包裹着、推动着，盲目地生活。

645、请问如何处理行走于社会时因遭遇到各种不快所产生的负面情绪？比如排队被插队、开车被强行并线、绿灯人行道过马路被车吓到、安静的公共环境被迫听公放视频，等等。我觉得自己要守规矩（算是当半个"君子"），但要有相当包容力容得下一些人不守规矩（容得下"小人"），感觉很难。希望能得到回复。谢谢。

答：**人在做一些正确而美好的事情的时候，记得这些事首先是为自己而做的。**它们在滋养和完整你的心性。

646、"舍得为你花钱的人不一定爱你，不愿为你花钱的人一定不爱你。"您怎么看待这句话？

答：如果我们在亲密关系中，只能以物质标准作为评判，且大众也都跟随这个价值评判来衡量情感，这是很可惜的。

647、什么样的教育是好的呢？

答：父母们首先要努力让自己成为一个完整而平衡的个体。父母们先通过自我教育而接近成熟。

648. 我的宝宝最近查出左脑有颗肿瘤，心里焦急而难过。等待入院，等待手术，等待的过程如此心酸难熬。一面在宝宝面前要坚强乐观，一面在看不到的地方止不住泪流。请问此种情况，我要如何平衡，让自己从内心保持真正的乐观与坚强？

答：母亲对孩子有本能的慈爱，遇见这种情况，悲痛难过都是正常。但对现实而言，理性的做法是先接受这件已经发生的、不可阻挡的事情，不对它产生对抗或自我折磨的情绪。**因为情绪本身是一种消耗，悲哀、自我指责或恐惧，都在削减我们的能量。**积极地想办法给予治疗。此时的宝宝更需要一个情绪稳定的有强烈能量的母亲，给他抚慰和支持。

649. 现在每日的新闻真的是要让人碎裂。骗局，爆炸，伤人，洗脑……看不到一件好事。这样的时代人要如何自处，如何相信？

答：是的，生命需要面对很多困难的、需要挑战的现象和发生，但生命里也有值得去追寻的爱、光亮、喜悦与宁静。对真正的心灵转化来说，现实中的所有处境都可以成为转化的工具和土壤。**让我们发出一些哪怕是微弱的力所能及的光芒吧。**

650. 无困惑，想多听听你讲自己。起居，活动，读书，观影等。盼答复。

答：我的生活简单，也很普通。我对学习、写作始终抱有一种坚持和专注，其他大部分事情，都是随缘而行。

651. 一直很想问，追求精神的同时也可以追求物质吗？物质确实可以令人快乐。不知该如何衡量，有时候会很难过。

答：物质没有什么可被否定或怀疑的，它是一种实际需要。人最先需要被满足的就是生存的安全感，精神建立在物质基础上。没有空谈的精神。**要警惕的是对物质的过度欲望与崇拜。**

652．因老公是二婚，且有一子。各种原因成就我们在一起，结婚生了可爱的宝宝。但是自己还是无法释怀他的前一段婚姻，虽然他是因为前妻出轨离的婚，但我无法信任他。夫妻之间到底该如何相处呢？

答：如果人们在一起生活，却不能真实而深入地了解彼此的性格，并因此去接受和容纳对方，**那以什么为倚靠在一起生活呢？** 其实追究过去也毫无意义，除非是试图以此去更体恤对方。追究、计较而不去了解，只是徒增伤害。

653．我知道谈钱会显得很俗气，但这是我很想知道的一个问题，希望你能告诉我，给我力量。是的，我特别特别希望自己会很有钱，改变现状，让父母和自己过得好一点，至少不会被人看轻，然而现实是残酷的，我仍然碌碌无为，我该怎么办？感谢你。

答：希望自己有钱，改变现状，让父母和自己过得好一点，不被人看轻，这都是合理而正常的愿望。但无须把赚很多钱当作一个理想。钱多钱少有很多背后的无形因缘，不是光凭愿望和努力就能实现。人至少可以做到以认真工作换取回报，以及因为知足常乐而获得内心平静。

654，为何人会被时间和现实改变？思想会变得不够单纯，以前坚持的也可以被改变。

答：我们对成为什么样的自己缺少根本的信念，也没有稳定的价值观。外界的一切声音、观念、潮流、事件，很容易就煽动或推动我们，干扰本心。是自己的心力与思考不够。

655，有时候莫名其妙感到空虚怎么办？是轻度抑郁吗？希望您能够告诉我。

答：消极和混乱的思维需要去克服。包括这种空虚感、抑郁感。最简单的方式是不断回归自己的中心，保持平衡与宁静，认真做好现在手上的事情。可以在静坐冥想中提高这种静定与观照的能力。

656，在仔细阅读您推荐的阿姜查的书，已经读完《以法为赠礼》，大半的《无常》，粗略了解了《关于这颗心》的"戒、定、慧"，但突然困惑于什么叫"分别心"，什么叫"智慧"，对基础词汇产生了无知，网络解释总觉得失之偏颇，会被误解。希望得到您的解答，另外，是否有词汇解释的书推荐？

答：分别心是对事物保持二元对立思维，非黑即白，要么对要么错，轻率而任意地下判断，喜欢或厌恶，执着或否定。这种视角会让心变得狭隘与僵硬。智慧，是对真理的认知程度，我们对事物基本运行原理的了解与掌握，以此能够让思维方式发生改变。这些解释并不是标准化的答案。**但比起翻看标准答案，更重要的是我们自心所悟。**

657. 安妮，如何走去更开阔的地方呢？总觉得自己狭隘，经常为一些生活的琐事烦恼。怎样才能走出自己的世界，去看看外面的世界呢？如何才能活出自己呢？另外，到了二十八九岁，一切重新开始还来得及吗？或许这些都是一个问题：如何才能活出自己？

答：**任何时候都来得及**。但自我成长与心的突破是生命中最重要也是最艰难的事情，所以很多人宁愿选择不记得或忽略这件事情，而在各种貌似轻松愉悦的娱乐与消遣中随波逐流，得过且过。心境的突破，需要有足够的勇气去承受现实的痛苦，并在深入体悟之后自我瓦解……

658. 为什么我诚心诚意与人相处，也有让步，却总是没什么好朋友，只是普通同学室友，无法更亲密一点，感觉我对别人来说不太重要，不太会建立深一步的友谊，有些人比较保留自己的个性却有好朋友。而我有时觉得那些人太有个性了，容易伤人。请问对于建立亲密关系有什么好的建议吗？

答：我们对朋友之间的亲密关系的期待到底是什么。是希望他人欣赏、喜爱、帮助自己，还是自己愿意给予与分享更多的能量给他人。人如果有基本善意，愿意帮助和爱护对方，在交流的时候真诚分享，见多识广，一定会有人自然地喜欢你。

659. 社会残酷，男人要多金，女人要漂亮。发现自己也越来越在乎自己的容貌了。

答：有清洁宜人的外形很重要，穿得的衣服，有清雅的气质。但并不是把所有关注力都放在修饰容貌上面。如果一个人没有修理与调整内心，即便外表再精心无瑕，也终究会暴露出内在未曾被教育的缺漏。社会的某些价值观有时颠倒而扭曲，不代表人必须随众。

660► 我的困扰，大概是大龄单身女的通病。三十岁，感情还没有着落，家里人已经非常着急。我是性格非常被动的人，不自信，现在处于极度否定自我的阶段，觉得自己很失败，无论哪方面……

答：**让自己成为一个丰富而有趣的人。有他来，很好；没有他来，也能好好地生活**。多读读书，和朋友出门旅行，体验不一样的生活状态，运动，工作，发展一些技能，训练自己的心性，做些有热情的好玩的事情……再顺便看看，那个人能不能来。

661► 这是第一次向您提问，目前我走到了人生的瓶颈期，感到未来很迷茫，从未有过的恐慌和迷茫。面对纷繁各异的人群和社交平台呈现的信息，心里很慌张，不知道什么样的生活才是适合自己的或自己喜欢的。我已然二十五岁了，但是性子还没有定下来。一直在找自己的定位，可是不知道该怎样做，从哪里入手。

答：**不要慌张。不要着急。按照自己的内在心灵轨道往前走，不要被人推着赶着往前走**。知道自己是个什么样的人。知道什么样的生活适合自己。知道在任何一种结果来临之前，我们必然要付出很多播种与耕耘。否则不过是在各种自卑、懒散、嫉妒、嗔恨的情绪中虚度时光。

662、如何把生活过得有趣？

答：**有趣的生活是个组合体。需要人有健康的身体，丰富而善良的灵魂。**

663、可以看看你去墨脱时候拍的照片吗？

答：也想挑选出来几张在微博里和大家分享。只是当时的旅程，一路大雨滂沱、疾行赶路、悬崖峭壁、塌方奔流，没有太多心情与闲暇用来拍照。雨中也无法拍照。所以美图不多。

664、在快节奏的生活里怎么静下心来阅读？

答：每天固定拿出半小时或者一个小时，选一本能够让自己静下心来的喜欢的纸质书，独自阅读，进入一个全新的内心世界。这是从生活节奏中切换频率的最好方式，同时获得精神的滋养与灌注，促进自我教育。

665、刚读了《莲花》，很喜欢。请问我应该按什么顺序读完您写的书？

答：如果你的年龄在三十岁左右，经历过一些事情，可以从《夏摩山谷》开始，《月童度河》《得未曾有》《眠空》《春宴》《素年锦时》《莲花》……这样的顺序逆着看。如果是十几岁、二十岁左右，可以读《七月与安生》短篇精选集、《镜湖》散文精选集这样早期与现在的作品都有收录的版本，慢慢再往后期作品看。早期与现在有些区别。阅读需要心性与理解力同步，这样才能看到文字背后的东西。

666．如何原谅自己与他人？

答：想到我们每个人因为受到肉身的制约，都是软弱、固执、有漏洞、有欲望的……区别只在于有些人会去逐渐认知，并尝试调整和平衡自己，而有些人不自知也不改变。人虽然在物质呈现中，身份、地位、性别、状态各不相同，但在灵魂与意识的本质上是一体而无区分的。**所有的人都希望避开苦痛，得到快乐。所以，尽量去帮助他人，不要去损伤别人。**

667．如何才能找到自己真正渴望和想做的事业？现在做的事有在认真努力，但总觉得缺点什么。

答：即便找到了自己真正渴望和想做的事情，也不是就能够得到愉快与稳定，仍需要付出很多努力去取得进步。世间并没有完美的工作，以及让我们完全满足的工作。世间的工作需要我们保持耐心、信心，有所坚持，持续提升。**尊重自己的工作，认真对待，比起热爱，这一样重要。**

668．做真实的自己有错吗？从小到大因为思想与别人不同，性格内向，总是被家人批评否定，勉强读到大学，因为没有好的工作、没有嫁个有钱人而被嘲笑看不起，连父母手足都这样。因为不懂圆滑世故，没有按他们的世俗标准去生活就被全盘否定。我不知该如何自处。内心总是有很多冲突和抗拒。

答：做真实的自己是没有错。但做真实的自己并不是与失败或自我否定画等号。事实上，我们应该凭靠真实的特质，去做好自己能够做好的事情。真实性不是一种借口或理由。它应该成为一种力量。

669. 年近四十，但还有很多个人的乐趣和追求，生活充实。爱人很喜欢孩子，自己虽不排斥，但觉得养育孩子要承担很大的责任，同时要付出很多的精力。关于这个有年龄限定的重大决定，请您谈谈生养孩子的感受和建议。谢谢。

答：人有决定生育与否的自由。只需要为选择付出相应的勇气和承担代价。身心独立成熟，有心理准备，有能力提供生活条件，也具备智慧，能对幼儿进行心性照料，这样的成年人决定生育是比较合适的。

670. 我要怎样才能控制自己的情绪不被最亲近的人干扰？

答：增加自己的独立性与定力。减少依赖，保持彼此的距离。

671. 当一段爱情里有了背叛和谎言，不值得继续付出的时候，过多的勇气是不是一种错误的执念呢……

答：**真正合适的感情，彼此都应觉得舒适、安定、和谐而温柔。**任何一方有问题，这样的平衡就会被打破。感情的维持需要两个人同时付出心力。光靠一个人的努力没有用。

672. 女生，独自出行，怎样克服对自身安全的顾虑和担忧？

答：女生在如今的社会环境之中不宜独行。建议结伴而行。

673. 你如何理解"出名要趁早"？

答：出名早晚自己无法决定。这是一个结果，需要有因的存在。

674、心情超级不好的时候有什么好办法可以让自己平息下来？

答：心情不好的时候，把自己抽离出来，看着难过或暴躁的浪潮冲击。这样就好。一切都会变化。**海浪翻滚一阵，自然平息。不要投入其中。不要执着这变幻的片段。**

675、为什么现在极端言论那么多？比如宗教、种族歧视这些。感觉过去没那么多呀。你如何看待在网络上发出这类言论的人呢？

答：现在网络科技便利，让人可以随意发表任何言论，也因此让人过于肆意，意识不到对自己身口意的关照，所以制造了大量的语言污染、攻击、侮辱、贬损、谩骂。人的言论和态度会在自己的生命里种下种子。关照自己的语言，尽量说有益于他人内心的话，而不是有恶意的话。

676、家里的老人总是被卖保健品的人骗钱买药，家里所有人都劝过老人，可是老人就是不听，害怕老人吃坏了但是又劝不住，应该怎么办啊？好心急啊……

答：老年人逐渐远离社会与家庭的核心，会觉得孤独而不受重视，很容易被抓住心理弱点，上当受骗。目前这种不良善的社会现象出现，作为家庭成员，要尽量给予老人情感上的抚慰和照应。多和他们说说话，保持交流。人应该有自己的兴趣爱好、朋友，最好始终保持学习的动力，让生活充实。否则老去时会面对很多考验。

677、请问职场关系跟平常与人相处一样吗？为什么感觉职场关系如此阴森恐怖？

答：大家都是平等的。所有的人都与你一样希望得到快乐而不是痛苦，都有自己所面对的黑暗深渊，以及心中对爱与尊重的愿望。**你想要的，先给人。你不想要的，也不要增添与人。**

678. 最近感觉物质凌驾于精神之上了，感觉好多人为了钱什么都可以做。还有不少网络暴力。有种特别无力的感觉。或许会说看美好的一面，可是阴影依旧存在，很难受。这个社会真的畸形了吗？

答：我们改变不了外界太多事情，因为个体的力量有限。但人可以去改变和调整自己，尽量发散出一些光亮和热情，而不是投射更多的负面与混乱。**最终整体是由个体组成。个体的力量虽然有限，但很重要。**

679. 怎么拒绝同事的聚餐、出去玩之类的邀请？

答：直接说不。

680. 庆山，为什么我那么渴望自己成为一名大美女？

答：外界给人的暗示，好像依靠颜值就可以一夜爆红，得到流量、名气，从而变现，这是一种特定阶段的病态价值观。人是物质与灵性的综合体，物质会有生灭变化，肉身会衰老、死亡，而智慧需要持续升级。**人要学会区分短暂与永久价值的差异。**我们诚然需要照料好自己的容貌与身体，与周围融洽相处，但也要能够意识到自己生命内在的神圣部分，并给予重视。这是平衡的生活。

681▸ 日子很漫长。书里的道理抵不过现实中的半小时。投身了一个行业，用尽时间、金钱、心力，却没有干起来。难受。下半年结婚。现在想重新换行业。心里痛苦，感觉自己事事无成。对象对我期望高。压力太大。最近每天以泪洗面。今年三十岁，工作换了很多。现在也没有怀孕。工作上，跟老板、陌生人打交道时，对自己没自信。

答：心是这样的复杂、软弱、莽撞又充满欲望，书中道理又有何用。先停息下来好好看一下自己的心。

682▸ 想问一个问题：人如何保持快乐？

答：当人能够控制好情绪与心念，不无端生气、悲哀、愤怒、多疑、自卑、自傲……也就是说，当我们能够让心保持在一种稳定、清明的状态时，感受是比较快乐的。此前提是，需要掌握如何去认知、管理情绪与心念的方式。

683▸ 想知道您是怎样对书中这些细节有这么深的体悟的？是真的体验了很久吗？还是只靠采访、查证资料及思维呢？

答：长篇小说的写作，体悟、体验、采访、查证、思维，都需要。这是一个综合性的大型工作，由很多部分组成，需要整体和细部的构建能力。因此，长篇小说这个体裁，对作者来说是有挑战性的，也是有成就感的。

684▸ 高三读过《春宴》，获益匪浅，读完像是历经了一场劫难，身心疲惫，却也觉得内心通透，清澈明朗。《夏摩山谷》一直没有勇气翻开，活得明朗通透何尝不好，可将世间万物看得如此透彻却觉得十分疲累。不愿在浮华的世间活得浑浑噩噩，又不愿在通透中将世间万物一眼望穿，失去了生活乐趣与未知的精彩。望指点。

答：你对空性的理解有一定误区。真正了解空性之道的人，并不是一眼望穿之后，失去生活的乐趣与未知的精彩。当人懂得世间事物运作的原理，获得正确思维的方式，他应会更警醒，内心清晰。**他由此珍惜每一个当下，投入而专注，单纯而开放，却不执着于这一切。**

685．请问被别人的不礼貌所顶撞和冒犯的时候，该如何处理？

答：如果不是很重要的处境，忽略不计。如果对你来说有些重要，那么给予有力的回击，以此至少你让对方知道礼貌是必要的。

686．人们从自己的经历总结出很多经验，或警告年轻人，或引导年轻人。在这之中，可能有一些是可以借鉴的，有些是会误导人的。面对形形色色的人和话，刚走入社会的人，应该怎样去区别？在这之中，如何保持自己的心不被混乱影响？感恩。

答：对各种观点与经验，要有思考的过程，有在现实中去验证的自觉。而不是全盘接受或全盘否定。在经历中去总结与反省自己的经验，这样得来的证悟是很可贵的。

687．准备辞掉现在不喜欢的工作，去看书、拍照、写作、旅游、烹饪，去寻找真正生活的美好之处，去体验生命，是否妥当？

答：前提是，你是否能够先保证自己经济独立、身心健康、内心理性，并且不给家人和其他人增添麻烦。

688. 为何众人明明平庸无常却又偏偏自命不凡？

答：众人不一定是平庸的，只是没有去发现自己的生命藏有珍宝。如果自命不凡，那是因为人很难看到自己的局限。通常状况下，如果没有经过训练，我们很难掌握有效地认知自己与他人的方式。

689. 我觉得我当众说话有语言表达障碍。昨天开会又紧张到不行，试着让自己放松，注意力向内观看，可是完全做不到，当下的紧张达到了极点。

答：当众表达时产生的心理障碍，并不单纯是因为缺少勇气、胆小。还是应该内心有储备，有平时因为学习和训练而积存下来的经验、观点与感受。这些储备丰富，人才会有底气。站起来怎么讲都可以。要点在于如何去提高和增进专业储备。

690. 反省三十四岁的自己，发现有以下三个突出缺点：一、情绪化。二、不够自信和内心强大。三、意志力及耐力欠缺。自己也思考了解决的方法：一、读书少，理性缺失，所以要多读书。二、反省力不够，要加强。三、需要跑步，做肌肉锻炼，带来由内及外的改变。请问我的思路是否正确？还需要做什么？

答：能这样自问自答，是理性的展现。三点都很必要。多读书，以此学习到扩展思维的观点。经常反省，可以培养出调整的习惯与思路。跑步健身则增进意志、毅力和自律。

691. 我想问为什么有时看到大自然景色心里会非常难受，总感觉自己很孤独。不知道什么是对什么是错，老是看到别人不好的一面，我感觉自己快无药可救。

答：在大自然中觉得难受，是因为我们意识到自己的心不够平衡，有限制，与天地之间神圣和本源的力量彼此隔阂。如果心能够与本源合一，取得深度联结，大自然给予的疗愈与启示无与伦比。我们看到的人、现象、外界，大多由自己的心投射而成。如果总是看到别人不好的一面，有时感觉抱有恶意、偏见或憎恶，要反省的是自心。

692. 你对青少年疯狂追星这个问题有什么看法吗？

答：青少年可以有心中的偶像，但这些偶像们最好是真实的、有力量的，言行对人的心灵与精神有提升。如果人以戏剧为真实，以粉饰为浪漫，以虚荣为理想，以抱团为逃避，对成长并无多大益处。

693. 为什么我现在看手机超过一个小时就会不舒服？走在路上看到人骑车时低头看手机，走路时看手机，吃饭时也舍不得放下手机，看到这些画面心里也会不舒服，想着手机毕竟只是个工具，为什么那么多人都玩得乐此不疲呢？曾经有一个智者说手机使人类愚蠢，不断地把注意力往外拉扯，人也会逐渐变得浮躁。

答：不光是手机，电视机、电子游戏、各种需要追的剧……**我**

们需要警惕的是，如果人过于沉溺精彩的、迅速的、虚幻的、被包装过的事物，会被麻痹头脑，剥夺自己的心灵能量。

694▸你理想的生活城市是哪里？

答：我思考过这个问题，目前还没有答案。希望能够离大自然很近，有清洁的空气、水、食物，能与山峦河流、花草树木亲密联结。

695▸之前在思考，因我是真性情、直率的人，心里想的什么就说什么、表现什么。但自己见过很多表里不一的人，无论是上司、老板还是异性。我问一个男生，他说这个社会人人如此，他从大学时代就已知这个道理。我突然不知如何与人相处，是该假意还是继续真诚。后来看到你书中的句子：不表演，也不相信别人的表演。

答：首先，真性情和直率，不代表心里想的什么就说什么、表现什么，我们自身不自知的缺陷，很容易在这种放任自流中伤害他人，也伤害自己。与人相处，要有警觉，尽量保持自己身口意的净化、自控与有益。表里不一同样也有不同解释，但有个稳定的标准，是自己的发心。**这种发心是：你的身口意的表现，不伤害别人、自己。最好能够有益于他人、自己。**

696▸我记得你之前说不会限制孩子阅读，但会先把给她看的书看一遍，把认为好的放在书房任她选择。现在我有一个六个月大的孩子，有时找到网上推荐的书觉得不够好。即使知道你不太推荐书，还是想请你推荐几本给孩子看的书。

答：买一些国内外获过奖的含金量高的儿童图书。国际化的审美观与价值观，对孩子来说是需要的。

697. 看到自己的孩子不如别人的孩子优秀，内心焦虑不安，很狂躁。明知道不该这样，可还是控制不住自己的情绪！这样的行为是不是不符合一个好妈妈的标准？母亲应该带给孩子什么？

答：不要去比较和责难孩子。每一个孩子带着自己独特的品质来到这个世间，不过是需要你帮他长大，使他健康平安地长大。事实上，你无权控制一个暂时寄居在你生命中的过客。**善待他，照顾他，直到他有能力离开你独立去生活。他有自己的生命，有自己的道路。**

698. 男朋友很少联系我，有时甚至十天半个月都不联系，他真的爱我吗？爱一个人不是会经常思念、联系对方吗？

答：是的，男女关系当中如果彼此同频，会有较为紧密的交流（有时也不一定）。但一般能够在直觉上感受到对方的心意。当这些没有发生，最好是接受这个现实，决定下一步的走向。不用试图强迫或改变对方。

699. 过于看重感情的人该如何提升和完整个人的存在感？因为所做的决定都会受到亲密关系的制约。

答：这是比较困难的。人过于在意身边其他人的感受，或有强烈的牵挂和粘连，很难去发展自己的独立意志。独立意志需要做出一定程度的牺牲和承担。任何事没有两全。

700. 你对写作还有什么愿望吗？或者对人生还有什么愿望吗？

答：我有愿望。我对写作的愿望，也是我对自己人生的愿望。我希望生命中有持续的学习、深入、探索和开拓。**如果人得到的内心道路能够走得更远一些，写作也会得到更为广大和深远的精神空间。如此，才能与更多人分享。**

第八辑

其中滋味，
饮者知晓

701. 在音频平台上来回听《夏摩山谷》，反复听，边听边收拾家，是一种能量加持。这本书我是因为好奇买的，读到仁美出现就很顺畅，惊讶地发现竟然是本修行的小说，跟现阶段的我如此契合。能写成这样真好，我都读懂了，感恩您。最近总能感受到不同的女性能量，您带来了理智独立，还有看您的问答感受到了您的慈悲，祝福。

答：我们在外境中得到的能量加持，不管是通过一本书、一个人还是一处地方，都不是单方面的给予，首先需要自己的心有准备、有空间。所谓加持，是互相产生了联结。在接受信息之后，心因有准备而产生融汇、启示、影响、转化。这是一种有深度的关系。

702. 该如何开始修行？

答：《夏摩山谷》当中，有具体的个人示范。书中人物，即便是一个遍体鳞伤、做过许多错事、遭遇过苦难的普通人，也可以开始心性的追求之道。

703▸也想开始为内心修行，想摒弃所谓的贪欲、浮躁和迷茫，得到平静和安宁的目标，行进而去。不知看哪些书籍或者用哪种方式开始修行。

答：人只有经历过深入而真实的生活，品尝过贪欲、浮躁和迷茫，及它们所带来的苦恼，如果心生厌离，产生出离之心，就会有渴望从中解缚的愿望。**修行并非是为了单一的平静或安宁，而是得到智慧，得到正确的理解事物的方式和思维方式。**

可以先读一些书，接触一些善知识，从自己的自发学习开始。

704▸关于崔缇，她像一块滚烫的铁钳在我心中烙下深刻的印记。这枚火红的印记，带来的是清醒前不可取代的痛楚。关于崔缇与无量的关系，关于无量的离别。他们的爱是升华了的。崔缇和小说里其他女子不同，她天生被赋予了神圣的职责，这也是为何她能和无量有这样的感情。

答：**我们得到什么样的爱，意味着首先要成为什么样的人。**真心诚意的人，能够得到真心诚意的爱。意识高级的人，能够得到质地纯正的爱。

705▸看《夏摩山谷》慈诚那部分章节，仿佛心灵受到洗涤，一份欣赏、接纳、包容、成就、安宁的爱，令我动容。请问，生活中如何让心安定？如何感受生命的力量？活着的意义究竟是什么？

答：这些是重要的大命题，值得写好几本书……三言两语如何说清。我们的生命自身带着无尽宝藏，但需要付出很大力气，去发掘、认识、领悟，实现进阶。

706. 想知道你之前提到的女性力量是什么。很多时候会迷茫，道理应该怎么样去实践。

答：**女性的力量如同大地**。想想大地为我们做了一些什么，它具备什么样的特性，如此来对应女性自身具备的巨大能量。道理只是一句理论，我们看见它，即便认同，也不代表能够做到。能够做到，需要克服、自控、自律、努力。

707. 《夏摩山谷》读完后静坐半小时，心意朗朗，数月前执着的人事物于近日觉知中看破放下。很长一段时间是清明心境。文中人物，虽身份特质不同，但殊途同归。觉得对世间事、人的认识与评价，都需考虑其立场。其中滋味，饮者知晓，实证者知晓。很喜欢的一本书，感谢人世间的相遇，无论是与作者还是书，一切的缘分。

答：是的。其中滋味，饮者知晓，实证者知晓。

708. 请问在消费主义盛行的当下，如何才能逃离不断追寻物质以麻痹自我的恶性循环呢？

答：少看电视，少看手机，不依靠刷视频、看直播购物、买各种廉价的不明物品来消耗时间。可以读一些好书，去大自然中跑步走路，骑车锻炼，爬山，听音乐，绘画，学习一门有兴趣的技艺。也可以跟朋友相聚，与恋人谈情说爱……**人类所有从古到今的美好而真实的事情都值得尝试，而不是只活在虚拟世界与欲望当中。**

709. 不相信有《夏摩山谷》里那样的男人，现实中只有书中一笔带过的那些庸俗男人，好像这才是世间常态。是我的原因吗？

答：**我们在世间多遭遇一些庸俗肤浅之事，但这不代表没有高级或深远的事物存在**。为了触及它们，需要提高自己的认识。否则，人的一生不过是在原地踏步。

710▸ 我觉得《夏摩山谷》阐释的核心，是人如何探索到自己的心中之境。虽说每个人找到自己的道路不尽相同，但书中描述的哲理深得我心。很显然您大概已找到自己的精神之路。而读书的我，很迫切的现实问题是，普通年轻人如何去探索自身。去西藏吗？如何结识一位善知识（毕竟现实情况是泥沙俱下）？

答：普通年轻人大部分的精力和兴趣还在经历生活的未知和欲望所带来的种种磨炼当中，但这是必要的过程。精神之路并不建立在空泛的想象和幻想当中，而是建立在我们真切的体验和领悟之上。如果觉得自己的信念是真切的，或者已经到了合适的机缘，那么内心祈愿的，该发生的都会发生。探索自我也并非全部凭靠外境和外力，它更需要内在心力。

711▸ 很喜欢你在《夏摩山谷》这本小说里塑造的仁美这个僧人形象，没有刻意给它增添神性的光环。这样写很好。还想你深入分享一下写仁美这个形象的初衷。

答：这是一个虚构人物。因为当下过于喧杂，我们无法轻易找到信念的某种世间人物的纯正标志，我想让他代表法性源泉的日常形象。在我心目中，真正的修行人也许具备这些特质。**他懂得出世之理，但不回避入世之行**。有慈悲和智慧，有赤子般的心。不伪装，不企求，不造作，不自傲。没有野心，有真情。

712. 你对自己的写作和生活有什么见解？你写《夏摩山谷》的初衷是什么？

答：**我希望自己质朴而单纯地生活，真诚而有信念地写作。**写《夏摩山谷》的初衷，是与他人分享我个人的所得所思所悟，也分享那些流传下来的古老的智慧与真理。

713. 虽然还年轻，但是已经对感情没有什么欲求。他们都说缘分未到，可似乎我永远无法做足准备。如何看待这个问题？另外，若是想要对您的书籍如《夏摩山谷》加深理解，要从哪些地方入手？

答：对感情有没有欲求，在于自身状态。不如接纳自己的真实状态，不必强求改变，或一定要符合外界标准。真诚而如实地去生活，忠实于自己的感受。**如果想要更深地理解《夏摩山谷》，需要阅历和思省，至少曾经认真思索和探寻自己的生命深层。**否则不容易读懂它。

714. 其实我想问的问题，心里都有答案。但还是没办法解决问题啊。

答：那是因为心力不强，不能让自己实际地去实行。事情想好了就去做。

715. 怎样在虚伪的世界中活得真实？怎样不在意他人的眼光，活出自己？怎样让别人欣然接受你的想法？

答：现在当下就可以活得真实，以及不在乎他人的眼光。无须让他人欣然接受自己的想法，人可以各自有自己的想法。

716、你还会不会有情绪接近失控或崩溃的时刻？有没有过对正在发生的一切，有深深的失望和无能为力之感？有没有过对自己的怀疑和失望？我感觉自己长久地被这种无能为力所困扰，为什么清醒觉知着一切的发生，反而会更难过和痛苦……祈盼答复。

答：负面情绪需要被管理。如何管理，只能去认真学习，情绪和心念的管理是其中比较重要的课题。**前提是去正确认知情绪、心念的产生和运作，以此我们能从中解缚，得到更多的自由与宁静。**

717、想得到他人的认可、赞美、关注，这样的想法该怎么处理？

答：想要获得这些的想法没有什么对错。只是，我们想得到什么，需要有因的存在。自己是否有能力得到这些，如何去获得和积累这些能力，这是基础。

718、我有些跟不上你了。

答：**不要停留在原地。如果我在旅途中抵达一座山顶，也会希望邀请你一起来共赏美景。**

719、如何看待美妆博主炒作、假立人设这样的行为？我们应该相信一个喜欢了很久却是装出来的人吗？

答：把更多精力放在发展自身能力上。

720、请问如何摆脱对他人评价的在意？我们为何时时被此事束缚，难以脱身？

答：要先清楚来自他人的评价的性质，除了智慧的人能够给予我们中肯而透彻的建议或意见，大部分的人不过是由他们自身的局限认识所生发出来的闲言碎语。人与人之间很难有真正的了解，因为需要真实和深入，而这是珍贵稀少的。如果是现实中密切相关的亲人、朋友或工作关系所产生的偏见，看情况而定，做一些必要的反省、解释或沟通。如果是网络上的陌生人，就当是一阵风吹过。

721、您怎么看待文学艺术与宗教的关系？

答：我觉得文学艺术与宗教之间不用强行拉扯上什么关系。但文学艺术与真理应该有关系。**创作者的作品应该有对真理的信心，或至少要在表达中逐渐靠近真理。**

722、您认为的世界运行法则是怎么样的呢？

答：世界运行法则有我们微渺的人类无法轻易测度和揣摩的原理。有很多古老和神圣的书籍可以去阅读，去学习，也分不同的文明与流派。所以，人生是学而无涯的。如果没有去学习，我们至少应对高级意识抱有觉察，并始终心怀尊重。

723、我最近在看《维摩诘经》，书中有翻译，经文可以读得明白，但总感觉不得要领，可否请问你是如何读的呢？

答：读经文不要心里着急，有时短短一行话内涵极深，可能需要很长一段时间的成长与领悟，机缘合宜，才能明白其中要义。先读它、感受它就可以。

724﹒男朋友开始了新的工作，工作之余和同事有很多活动，公司各方面补给设施都比较好。想到自己下班后即回到住所，一个人，做饭看剧，有时会做瑜伽或者看书，没有更多接触的事物。觉得和他差距很大，有一种配不上他的感觉。该如何平衡这种心理？

答：人与人之间的般配，并不以拥有和对方等同的社交量或忙碌程度为标准。**般配来自于你们之间的交流与感受能否抵达同等深度**，是否价值观契合，对生活的态度相近，内心合拍，以及性情相投。

725﹒我和我的先生很相爱。但是每天清晨醒来我都害怕他会不会今天失去笑容，会不会突然就不爱我……

答：多么疲累。这样的爱就好像是画地为牢。你的恐惧与软弱也会投射给对方，他不会觉得自由、舒服。**如果能让自心成为一座美丽而宁静的花园，他自然会乐意在其中驻足欣赏。**

726﹒自己的脾气导致反复和伴侣起冲突，虽然知道起冲突不一定是单方面的原因，但是在亲密关系里，很容易克制不了伤害伴侣。对外人我反而很能克制，表现友好。我明白这种反差可能与原生家庭有关，但是还是想问，该如何克服这一难题。

答：情绪反应有可能跟原生家庭有关，去调节和处理它只能依靠自己。心灵训练是必要的。成为温柔、冷静、懂得体谅与接纳的人，才能够去承载一份长久而和谐的关系。再好的感情开端也经不起反复发作的剧烈脾气。如果不去训练和克制自己，会有苦楚。

727. 写完《夏摩山谷》后的心境可有变化?

答:《夏摩山谷》是一本长篇小说,也是一趟跋山涉水的生命旅程。我写完这本书,也训练和完整了自己的心灵。认真地去做完一件事情,实现一个目标,对我来说就是持续精进。

728. 我想问的问题如下。一、在这个时代大背景下,您对于年轻的纯文学创作者有什么好的建议? 二、倘若一位小镇青年想从事文学创作,也想写一部像《莲花》一样的作品,您觉得他写作成功的可能性是多少?

答:我之前有提过建议,当下环境下,我们对创作的作品应该有一种内心标准,不去写刺激和增强人的贪痴嗔的作品,因为物质主义、欲望和娱乐至上,已经消耗很多人的心灵能量。**所以,要让作品去实现对他人心灵的疗愈、净化、平衡与提升。**对任何想从事创作的人来说,首要的是开始,抱有对此事的信念,把它当作自己心中神圣的一部分,去努力。而不是先去想自己会不会成功。成功是一个结果,它需要种子,需要开花。

729. 看了《夏摩山谷》,深受震动,几次泪水夺眶而出。尤其是无量与雀缇的部分。但是我自己处在一段非常圆满知足的家庭关系中,是平庸、幸福、一事无成的女人……请问我该如何做?

答:做自己,顺其自然地生活,保持内心平静,这是很好的。当然,也需要知道一些更深远的真理与事物。

730. 偶尔会有荒凉的感觉,尤其随车穿梭在漫长的人工隧道时,或者在早于人们醒来的混沌清晨,荒凉感袭来……开始疑问世界，疑问存在……我想理解其中原因。

答：也许很多人都会有这样的时刻。我们对外界与自身存在产生疑问的时候，是去认识自己内在本性的转折与时机。如果有足够的努力去探索，真实会向你展开。

731 似乎世界上的一切都建立在十分不稳定的根基上，随时都可能分崩离析。有时会恍惚：支撑我目前生活的是家庭、学校、社会，世界稍微变动一点点，我的生活就会发生翻天覆地的变化。像在黑暗中走钢丝，十分被动。什么是不变的？

答：**无常即是如此，这是生活本相。**在时时变动中保持平衡，需要深入的认知与智慧来支持内心。不变是无形中的奥秘，有形的都会分崩离析。

732 人为何要活在这世界上？经历苦痛，最终能够到达哪里？

答：这个问题我之前回答过多次。**来到这个世间，还活着，就要尽量不辜负这一趟旅程，不虚此行。**我们的生命其实负有不断提升自己的责任，像爬台阶，一级一级往上晋级。但如果你对意识升级的观点并不认同，那么此生的确会看起来充满限制又毫无目标。

733 从《夏摩山谷》来的，我想问一下，您觉得文学对于生活有什么特别之处吗？

答：**把我看到过的喜欢的一句话送给你：每一本好书都能增强我们对人类精神的信念。**

734▸ 人有不同的观点，个人认为，只要不是原则问题，大家可以相互理解求同存异。但看到大多数人根本不会去就事论事，一定要上升到人身攻击，一定要通过辱骂他人来证明自己的"正确"。越来越对这个世界失去信心。

答：直接辱骂或攻击，在网络上比较明显。目前网络环境堪忧，体现出人的素质鱼龙混杂、泥沙俱下。身语意之污染，在网络上主要体现为语言和心意的放纵、偏执、肤浅、粗鲁。人应有独立意志、思考与立场，也要有基本礼貌与善意。不追逐大流，也不被大流覆盖。清醒与独立，需要个人力量，需要建立在思考能力与保持正见的基础上。**如果个体懂得尽量去改善自己，集体氛围也有可能被改善。**

735▸ 与他在一起马上五年，感情似乎日渐归于平淡，失去当初的激情，面对时好像失去了满心的欢喜。分不清这到底是所有情侣在一起时间长了都会出现的问题，还是我自己没那么爱他了。

答：所谓相见时的激情、浪漫、欢愉之类，不是真正的爱，只是荷尔蒙变化、心理投射等各种原因混杂的情绪。长久的情感需要客观与理性去维系，并且需要对彼此完整性有认识与接受。完整性包含彼此的缺点、痛苦与脆弱，而不是只需要对方光辉的一面。有部电影的台词说：经历过各种曲折变化之后，才会有真正的夫妻。这句话可回味。

736▸ 当自己有预感，如果继续和这样的他在一起，两个人都无法成为更好的自己；当他似乎也有改变的意向时，内心依然可以感觉到对他的感情。这样的情况下，我应该选择离开吗？

答：离开不会在犹豫不决的阶段发生。**离开只会在因缘聚合至一处，在它应该发生的时候，很快地发生。**

737▸ 文化底蕴和积累不足，但有写作的天赋和灵性，从现在开始如何努力才能成为一位专业的写作者？

答：有些人会说，要等到感觉自己的思想与表达已经准确无误时再开始写作，或者等所有的观念都成熟，再做表达。但这是不可能的。写作与我们的成长一样，需要摸索、无知、调整、碰撞的过程，在其中反复突破，逐渐实现壮大与丰盈。**重要的是开始行动，并且对这件事情抱有尊重与热情。信任它，信任自己。**

738▸ 我喜欢你多年。却又觉得你离我如此远。经常想起你。却又不知道该说些什么。

答：这就是很美的一种情感……我们喜欢一个人，也许是由对方的文字、质地所产生。但最终滋养的是自己的心。情感的流动是这样的规律。

739▸ 面对社会上一些世俗平庸的观点，想跟他们讲道理(对方是你亲近的人，如父母)。他们却怎么也不接受，反而觉得你有问题。该怎么解决？

答：**不需要强迫别人接受自己的观点。保留观点是自己与他人的一种自由。**甚至也不需要去评判他人的观点。只需要清楚自己的观点就可以。

740. 人为何有时会作茧自缚，常常在一个问题中出不来？面对自己不幸的命运，比如年轻患大病，爱而不得，满身戾气，尤其是外柔内刚的自己该怎么办？生计也是未知……

答：不必过于夸大现实中的遭遇，很多人都会面对相同的困难。只是我们过于专注自己的感受，而不知道在其他人身上又发生过一些什么。对生活中遭遇的一切，不随便把它定义或归类为不幸的命运，以此借口怨天尤人。接受现实，调整自己，积极行动，这是理性的做法。

741. 传统家庭如何面对母亲出轨？

答：事实上这是你解决不了的事情。你有自己的困难，父母也有他们各自的困难。抱着冷静客观的态度不给他们添乱更好。出轨之类负面用词并不恰当，情感很复杂，背后都有原因，只是外人无法得知。

742. 我觉得我一直被生活针锋相对，许多不美好的事情发生在自己身上，被阴影笼罩的我因此变得极端和厌世，请问我该怎么活？

答：反省自己。被生活针锋相对，有时是因为自己身上长满了负面的硬刺。要觉知和清理它们。

743. 怎么样才可以永远快乐？为什么生活总是大喜大悲交替？

答：**没有永远的快乐。暂时的快乐也会成为苦。这是生活的本质。**

744. 天生有悲哀感的人该怎么度过这漫长一生？所有东西都会让我感到无望和空洞，觉得不配拥有。我的生命或许走不到尽头。

答：类似这种消极的念头和想法也许每个人都有，很多人还会在其中沦陷翻滚。而有些人会用积极的社交、情爱、工作或物质交易去逃避这种感受。**如果人没有意识到在肉身之中自己的灵魂珍贵，带有意识升级的目的，相反着迷于物质世界，缺乏信念，远离自己的本性认知，那么灵魂会失去目标。**这种消极与混乱的感受会无法被克服。克服消极与混乱，建立起正念、正知，去完成任务。这几乎就可以用掉人的一生。而且很大可能上只是过程，离目标仍有距离。

745. 情欲和爱的区别是什么？

答：情欲是肉体原始能量。爱是你们关心彼此，也能够越过肉身看到真正的对方。

746. 我二十七岁了，未婚。没谈过恋爱，经常换工作。独自做很多决定。我会在一瞬间觉得活着没有意义，总是想要消失，不再看到任何事物。这样的我，对吗？或者说，正常吗？

答：不需要进行所谓的对不对或正常不正常的分别，这种分别、判断如果不能引发内心真正强烈的反省，并不能对你产生什么有益的影响，只是增加内心冲突。只需要意识到目前自己所处的阶段，需要很多个人力量，要去增加这些力量。人生有各种只能直面的阶段，有些也许比你现在所感受的更有难度。逃避的心态基本没有什么用。增强能力去闯关，才是一个尽力的游戏。

747▸ 我们是应该尽力给家人一个好的居住环境，还是尽量不给自己太多欲望上的压力和束缚？重要的是观照本心吗？

答：人能够过着怎么样的生活，是富裕还是普通，背后有很多无形因素，并非强求或努力就可得到，做好自己的本分但顺其自然。**一家人之间也并非有了好的物质条件就算是圆满，更需要彼此的尊重、接纳、照顾与关心。**

748▸ 如何在这烦躁的世界保持温柔和宽容？

答：温柔、宽容、澄明、洞察，应该成为我们的本性，像光芒从火焰身上散发出来。它不需要条件。世界不管呈现出什么样子，本性是平衡而稳定的。

749▸ 少女时代开始的回忆，细水长流，潜移默化，你是我生命中不可缺少的部分，很多困惑在你的文字中得到解答。只是，我还是想问问你，女子应该是找爱自己的人，还是自己爱的人共度余生？如何在婚姻里获得幸福？

答：也许，到底是对方多爱自己一些，还是自己多爱对方一些，都没什么重要。有没有共度余生，有没有得到婚姻，也不重要。**重要的是，你遇见过一个人或几个人，因为彼此的存在，互相渗透、启示，带来确实的成长与提升。**这是我的观点。

750▸ 是不是应该先读读文学史和文艺评论，这样才能把想读的、有价值的筛选出来？

答：有价值的作品有时跟文学史与文艺评论未必有什么关系。

需要自己的心去衡量。当你从这个作品中得到源泉与力量，得到滋养，它对你就具备真正的价值。

751. 动辄觉得活着没意义，心里一直盘算着怎么自杀。怎么办？

答：要不虚此行才好。认真做些事情，以正念为指导。

752. 好像难以爱上任何人了。单身很久，偶尔似乎恋爱了，但是从未超过三个月。

答：**最好让相爱成为能产生深刻意义的成长和圆满的过程，**而不是一个吃泡泡糖的过程。后者对你的生命来说，除了一时娱乐与放松，意义不大。

753. 遇到不公平待遇，不甘心又很无奈。对工作渐生失望，反而开始思考身体运转和生命是怎么回事，怎么明明白白地活着。所以想问，人如何能够认知自我？

答：我们观察自己的起心动念，在遇见某种状态或现象时，情绪与念头如何生起，它的正负面导向又带给自己与他人如何的影响。体会自己做事的动机，以及做出选择时所依靠的是直觉、信念，还是外界的主流评价、喧杂声音……如此种种，人有很多方式去认知自己。而不是试图用娱乐、物质、电子化产品去麻醉自己、逃避现实。

754. 我已读完如真、仁美与慈诚部分。泪流。你的文字让我有真切的感受在发生。也会有不太理解的部分，这需要时间。它对我的滋养正对我的贫瘠与缺失，我已接纳，需要逐渐吸收。如真、仁美、慈诚部分读完，没有办法继续往下再读，余下部分的契机仍需时间。感谢你。

答：雀缇与无量的部分是《夏摩山谷》的核心部分，仿佛爬许久山为了抵达的一处顶端。可以等以后自己有些变化，时机因缘成熟，再读这一部分。

755▸ 想知道，如果净湖没有在那场高铁失事中离开，远音和他会是怎样的结局呢？爱情在生活中最终的模样是什么？

答：人与人之间的结局有各种可能性。但结局或许不重要，重要的是过程中彼此给予的经验、感受与启示。净湖与远音之间并不是常规而标准的世俗爱情，他们是彼此帮助与提升的通道。

756▸ 你经常在书里说不要过度在意与装扮自己的皮囊，可是现在好多男人都在要求女人会打扮，男人充其量不过是视觉动物。

答：我不认为大部分男人都注重女性的打扮。我觉得真正有力量的男人，会更希望与一个温柔、善良、通情达理、有趣、心有智慧的女性相处。过度装扮的女性，如果能够同时关注到自己的内心状态，也未尝不可。**但美应该具有独特质感，是丰富、自然而多元的，并不是由整容、奢侈品组建出来的单一的价值观。**

757▸ 据说工作和爱情是生命中重要的事，你是如何看待这两者的？

答：我们如何以真实的心性度过一生，完善自己，利益他人，这是最重要的目标。工作，爱情，并不是不重要，它们可以是实现我们的目标的工具。

758. 心性训练对于刚考上大学的学生来说是否为时过早？

答：若从孩童时代就能接受一些心性训练，学习如何静心、专注，对成长极为有利。人最容易被困扰与反复折腾的，其实是自己未经过训练的不够清明与理性的心。

759. 请问大学毕业之后要如何更好地完成心境上的成熟与转变，毕业之后好像没有了目标，不敢勾勒梦想，对工作提不起兴趣，甚至伴随着焦虑，短短的时间换了好几份工作，每份都不长久。身边很多人都接受着工作，好像只有自己还在幼稚和脆弱着。

答：从学校进入社会，会需要一段心理适应过程。但是我们最终需要自立，找到一件事情去立身，付出精力、时间，用心创造，以此与周围的人产生连接，交换物质与心灵的价值。磨合的过程蕴含内在生发与成长的机会。不要惧怕各种内心反应。**设想自己已进入一片波涛汹涌的大海，去认真训练保持平衡与滑行的能力。**

760. 如何看待宗教信仰呢？宗教可以带来慰藉，但教条、戒律、仪式又像是精神控制。

答：我认为人首先应该对智慧、真理、知识产生兴趣。这也是宗教哲学中包含的重要部分。

761. 两年前恋爱两个月闪婚并很快有孩子，现在意外二胎孕期。在婚姻中总觉得孤独，没有安全感，一直在想是自己的问题吗？总感觉人生看似前进实则进入了一个停滞期，终日疲倦且郁郁寡欢，不知道如何走出来。

答：女性由于天性所致，对恋爱、婚姻常会抱有过高的依赖与期待。在网络上有时看到一些流行的言论，比如幻想有个男人出现，对全世界都不好，唯独对自己善待眷顾，重新做回巨婴，被宠爱被疼惜，而且对方一心一意、亘古不变……这些妄念不切实际，只会被现实一一反弹。**对女性来说，需要完整自身能力，保持心性独立、稳定、平衡并且丰富有趣，在此基础上，我们与他人在一起，不管是恋爱中，还是婚姻中，都会因为自主的力量而得到更多美好的体验。**

762. 没有任何人脉的普通人可以出书成作家吗？

答：是的。在答题的这个人算是一个。

763. 在建立一段亲密关系之前，总是显得局促且谨慎。请问怎么改变这个现状？

答：有平等心。不高看也不轻视。想想对方和你一样，都是小心翼翼渴望得到感情的人，都希望得到的是亲密而不是痛苦。

764. 今年才开始读您的作品，与您"相知"于《夏摩山谷》，在很幽微的人生阶段读到这本书，心境与书无比契合。读了《夏摩山谷》我才真正开始去认识、体会生命，才开始体会觉知的微妙与幽微，认识到思想独立性的重要。感恩在二十一岁"认识"您。

答：再过十年、二十年去读这本书，会读到其他不一样的东西。

765. 我在北京生活，周围大部分人的生活很浮躁。我最近看见的事情发生在蓝色港湾，有一个六七岁的男孩在喷泉旁边，可能是想占用一下旁边小一点小朋友的位置，结果这位小朋友的妈妈问这个小男孩："这样合适吗？快让给弟弟玩。要不阿姨生气了。"相反孩子很宽容，离开找了另一个地方继续玩。

答：成人在日常生活中的一言一行，哪怕无心而草率地表达，都会影响孩子。所以，父母的个体素养与成熟度对教育来说是首要条件。成人世界展现出来的心态、格局，会直接影响到身边孩子的价值观。

766. 你会选择如何死亡？

答：我不思考这种问题。对我来说，我意识到人必然会面对生老病死，每一个人都会面对死亡，因为死亡强大而无常，更应该珍惜时间，充分地燃烧，过好每一天。

767. 悟出缘起性空，可当执着都放下了，像物质一样缘聚生起，缘散覆灭，那存在的意义是什么？

答：缘起性空的原理，并不是告诉你什么都不必在乎，什么都不需要去做。一旦人懂得不执着事物实有、懂得无常，并且法性起用与展示在一切万物之中，法性与存在无二，就能逐渐去除对事物过于偏执的认同、占有与分别之心。如此，也就得到更多的内心自由，去体验如梦如幻的现实成像。人也会更为精进、及时、一心一意。

768▸ 怎么面对中年这个阶段?

答:我也已是标准的中年人。**如同一棵树感受四季,人感受在时间流逝中逐渐老去,体态形貌发生变化,考验的正是自己应对变化之不可逆转的心力。**可贵的是,到了这个阶段,经由人生的阅历,逐渐积累经验,扩大心量,提升认知,也会感受到一种深邃的自然与沉静。这个阶段其实是有力量感的。

769▸ 闺密对男友很热情,男友对闺密似乎也有了好感,我还是特别喜欢男友,但是很难过,该怎么办?

答:这种互相猜忌、嫉妒、计较的感情有什么意思?前后纠结都是来自于自己软弱的欲望。自身不清净,承载不了清净的情感。

770▸ 能不能向你借几本书看看?

答:如果你喜欢一家书店,希望它一直运营,那么记得时不时去它那里买几本书。如果你喜欢一个作家发自真心,同上。

771▸ 如何确认对方的心意?

答:看这段关系是否提供给自己足够心的能量,宁静、满足、喜悦、踏实。如果有,这是他心意的投射。

772▸ 为什么一定要孝顺父母?因为父母给你生命并养育你?如果直到现在我都并不想被生下来呢?我也不想拥有这个生命。在我看来，所谓的养育，可能是另一个角度的折磨和受难，长久的不被尊重，不正确的家庭环境，成长出奇怪的人格。无法选择出生。拉你来这个世界、给你吃喝和慢性折磨的人，真的值得感恩吗？

答：人来到这个世界不是父母的过错，是自己的灵魂做了选择或进入需要体验这一生的轨道，你是自己来的。假设有人曾经照顾你，给你吃喝，生病照顾你，学习给你费用，如果是朋友或陌生人，你或许会感激不尽，对自己的父母也应如此，而不是觉得理所当然。**朋友或爱人之间会有伤害，孩子与父母的关系也是如此。这提示人的内在有很多问题需要处理，需要各自的学习与成长。**在成年后，尽量争取经济与精神独立，脱离与原生家庭（父母）之间过于沉重的依赖与束缚关系，自己去生活。任何关系都需要有空间，需要心的独立与克制。

773 ► 怎么看待不喜欢你却和你在一起的人？

答：伴侣关系并不都是因为彼此深深喜欢而维持，有时出于各自的原因与需求去选择维系这段关系。如果关系一定要以彼此喜欢才能建立，那么很多关系都会消失。一段关系只要能够平衡，彼此在关系还能得到所需要的，就还能持续。如果不能保持平衡，对彼此已产生伤害，那么伤害积累到一定程度，关系会自动结束。

774 ► 是不是长大了就找不到可以谈心的朋友了？感觉再也找不到无话不谈的人了。

答：我现在仍有几个可谈心的朋友。内心频率相当，可以互相在精神与信念上提供帮助与支持的朋友，虽然稀少但值得珍惜。

775▸ 看了您的好多作品，觉得您一直在探寻一个终极的、让自己的一切能够得到解释，并最终自己也满意的意义或者答案，但看了好几本您的书，您在未得到终极答案之前，始终是在探寻和挣扎，跟着您，我觉得自己也跟着探寻与挣扎，很难受。您的作品记录的是自己的修行，但这样会不会对读者不友好？

答：这是一种经验分享，让更多人有迹可循。成长本身充满冲突和挣扎，探寻的路途充满未知与困难，他人留下的心迹与记录，只要是真诚而有效的，都可供我们参照与得到启示。

776▸ 你散步时在想些什么呢？还是心绪宁静，见山是山见水是水？我也喜欢散步，这时内心总有对话，好像是真正的我和自我在辩论一样。

答：**散步时只管散步。感受空气、阳光、自然、雨水、雪花、月色、夜风……如果有念头产生，不黏着，让它们自由来去。**

777▸ 想问下，对于友谊深的人，如何克服多想和劳累？

答：任何关系都不宜过度用力和关心。也忌多思多虑。

778▸ 上高中时喜欢看你的书，后面不太喜欢，觉得一个人一直以一种方式写作、以一种态度或者状态写作，有些疲倦。问题是，您这样的状态是自我生活本有的呢，还是为了维持写作风格或个人品牌而特意延续的呢？

答：喜欢或不喜欢一位作者的作品，有可能是因为读者自己的生活或心境发生了变化，继续读或放弃读，都是正常。但无须以自己的状态对他人提出质疑，似乎是对方令你不满意。对一位作者的真实了解，通常需要建立在对其作品的长期关注、阅读的基础之上，并且理解和跟随作品的认知与思考。**如果一些人中途已与作者失去联结，也没有完整阅读，更谈不上深度理解，仍以有限认知发出轻率的评价或诋毁，这其实很野蛮。**作者没有义务为了满足读者的个体情绪或心愿而去变身。写作是他自己的探索之道。没有真正了解对方通常是偏见的起源。

779▸两个相互有好感的人，为什么都不愿往前走一步，勇敢在一起呢？

答：也许是其中一个人好感度不够强烈。任何状态都是以它现在应该存在的状态而存在，不要去强求。也无须产生过多期望或失望。

780▸除了写作，有什么爱好？

答：爬山、散步、种花、整理花园、喝茶、阅读、做些家务、听音乐、逛逛集市……好像爱好很多。最近持续性看了一些日本古装经典片。

781▸对婚前性行为怎么看？我觉得很多人的看法不同，有同学询问，又不知道该怎样回答。

答：这是一个私人选择，不需要问任何人。做一件事情之前，先想明白它的后果，知道自己会如何承担结果，然后做决定。

782▸从小到大缺失了太多父母的爱护和关心，导致现在家庭关系不好，半年甚至一年都没打过电话给彼此。小时候内心深处一直很渴望这种感觉，可是现在觉得自己已经不需要了，觉得金钱才能给自己安全感。对亲情变得很陌生，很决绝。也能忍住长时间不联系任何人，不喜欢与人交往。无力改变。求解。

答：世上不存在完美无缺的父母，正如没有完美无缺的人，也并没有完美无缺的儿女。**人与人之间需要彼此的理解。有了理解才有容纳**。父母也许没有做到完美的程度，但养育与照顾孩子，是人之本能与天性，一定已付出他们有局限但力所能及的力量。如果你再经历一些事情，让自己内心成熟，或等自己日后也做了父母，也许会更容易理解他们。**学习爱不是一件容易的事，也许需要持续一生**。

783▸怎么才会遇见一位一生不会出轨的男性？

答：反人性特点的期望在现实中很难实现。

784▸请问您如何看待现在社会年轻人下班后空洞、匮乏的精神生活？精神世界该如何自我调节？

答：阅读好书、参加一些俱乐部或活动小组、去大自然里面从事户外活动、看一些好的电影或展览、做义工、帮忙做家务、下厨房做顿饭……能做的事情这么多，为何沉迷于刷手机？

785▸千禧一代频繁离职，社会压力大；内心脆弱，对未来一片迷茫；工作生活没有定性，喜欢攀比；没有兴趣爱好，也不知道可以做什么。年纪轻轻做直播身家百万，大家更倾向这种速成的生活，不需要过多努力就可以获得更多。您如何看待这现象？

答：在外界乱象中，更需要保持独立、清醒、自知之明的态度。不要看一时，看一处，而是看到长远，看到整体。重要的是增进自己的心智能力与综合素养，保有正知正见，这能让我们的判断清晰。而不是人云亦云，盲目跟风。

786. 对象（网恋）说要等到自己变得够优秀了再来见我。我觉得我不太了解他，有时觉得累，但是又不想跟他分手。您如何看呢？

答：网恋不是真正的恋爱，只是在用彼此的想象力进行妄想。妄想不准确，不真实，容易破灭。

787. 和男朋友谈了八年的恋爱，一直很相爱，他包容我、迁就我。最近因为异地，我很容易因为很小的事情和他发脾气，吵架，彼此都很累。我不想离开他，可很容易心里不舒服，忍不住发脾气，该怎么办？

答：容易伤害感情的，正是这些日积月累的发脾气、小争吵、不舒服，且不试图去疏导彼此情绪，调整自己的身语意。不想离开一个人，需要好好对待他。**给予对方内心喜悦与平静，让他觉得有自由，在关系中能够得到滋养。**只有这样的关系才能长久。

788. 如果真的遇到喜欢的人了，你建议女生主动表白吗，还是先对男生发出一些暗示，等待男生主动表白？

答：我回答过，再重复一次。女生可以用温柔、真诚、敞开的心态与对方来往，这已是你所传递的信息。如果对方接收到，并且也喜欢你，男人会是主动一步的人。如果他没有做，有他的原因，不要勉强。有些事情让他们来做。

789. 请问：为什么很多人会咨询情感问题？

答：对人来说，情感是非常重要的面向，会影响到心的状态。情感如果混沌不清，无法自理，会滋生出很多烦恼、痛苦、大小问题。所以对人来说，有必要去学习如何正确理解情感，以及训练自己处理情感的能力。

790. 有时候很渴望与人有频繁的联络、亲密的互动，有时候却对此产生厌倦感，不想理会，就想自己待会儿。想问问所谓的亲密关系是怎样的状态，是否每天联系、知道对方每时每刻在干什么就是亲密关系呢？

答：对我们来说，应该经常去接触、交流的是良师益友。在爱人之间，需要心意相通，互相支持，这是真正的亲密。

791. 年轻人该如何进行心性的学习？如何挑选书籍？

答：首先意识到，真正能对我们发挥作用的是学习心性智慧。这是深入了解自己与世界的道路，在此过程中会逐渐产生正见、正念、体悟、觉知。**心像一盏灯慢慢亮起来**。其他各种形式、概念，如果内心没有智慧去认知，只会产生捆绑与束缚。可以先阅读阿姜查、法顶禅师、铃木俊隆禅师的著作。

792. 你的书很少讨论政治、历史，我们与身处的时代紧密联系，要探讨自身存活的意义和价值、生活中迈开的每一步，其实都深受这些影响。人很难做到仅仅关注内心而自动过滤掉这些影响。你是如何看待和处理这个问题的呢？

答：任何集体、时代、社会都是由单个具体的人所组成。在能量层面，每个人的心念、意识、状态、存在，在无形中影响他身边的世界，甚至扩展到非当时当地的时空。**人如果不试图去了解与完善自己，会如何创造出他的生活？完善身心，充分利用自己的人生去学习、创造、进行服务，这是基本而重要的内容。**之后才说得上如何奉献了微薄的一己之力。

793▸ 以前你说，"人的一生至少有一半内容以妥协、回避的方式存在，无力面对无法解决，不能把自己供养给真实而丰盛的生命"。对此内心有强烈的感受。请问，该如何突破这个关口？是不是需要足够深入的思索、沉淀和信念？

答：是的，都需要，也需要一边学习一边等待，而不是无所事事。没有努力地去做什么，或专注地发展自己的能力，实现不了突破。

794▸ 虽说我们平时应该去关照自己的情绪，但有时候又会反复、走不出来，怎么办呢？

答：我们认知和管理自己的情绪，本身就是一个长期工作。人只要不停止心念，就不会平息变换起伏的情绪。认知情绪本身是虚幻的，会改变的，去接纳它，而不是投入其中，以一个心念制造出更多心念。如果我们能够观照与觉知，情绪可以做到自解脱。

795. 我感到忧郁，不能接受自己不完美的身材、不够美丽的容颜、没有好的家庭背景、没有好的工作环境、一切欲望无法满足。我断交了很多同学或者同事，基本不主动联系，除了家人。

答：没有任何一个人是完美或绝对幸福的。如果你意识到身边大部分人也许都和你一样的状态、心态，又会如何看待自己？在生命本质的状态上，每个人都是平等、一致的。**记得他们都跟你一样，需要快乐而尽量想避免痛苦。所以，给他们快乐，不制造他们的痛苦。**

796. 困扰了几年，他仿佛是长在我身体里的意识。我要如何才能不想起他，不梦见他，放下这颗心？

答：我们可以在心里默默地喜欢一个人，这也是一种美好的情感。只要记得这只是自己一个人的游戏。梦到了该结束的时候，会自动结束。

797. 亲人、孩子生病时，会感觉自己非常无力和孤独，特别想有一种支持、支撑，请问该如何帮助自己？

答：别人身上发生的痛苦，有时是他们自身业力所致，是旁人无法去控制的，不必心理压力过重。在心中时常为他们祈祷、祝福，照顾他们。也需要增强自己的内心力量。

798. 我曾经问过你一个问题，你回答了。如今二胎已出生，即将开始全职妈妈的生活。我一直把你的回答放在心里，当我面对婚姻诸多问题时能做参考。生活的苦多于乐，我已准备好。等你的新散文。

答：我已准备好。是的，喜欢这句话。

799. 因为男朋友见了前女友，我们一直吵架。虽然他也解释了，也发誓了，但我还是忘不了。后来发现他不会用语言表达，但会自残，拿刀割自己、砸墙。现在相互冷静中，不知道怎么办。

答：人与人之间真正的爱，是提升彼此的意识能量，帮助彼此解脱。庸常而狭隘的男女关系，出于彼此的控制欲与自私自利，制造过很多悲剧。任何一个自由生命有权力决定他想见的人，不需要与你商量，更不需要经过你的同意。爱人不是下属，不是奴隶，他是自己。不让对方做自己，那种限制、嫉妒与猜测的恋情，很难维系。

800. 你如何看待网恋？在光怪陆离、无爱及失爱的世界里，如何寻找一个人温暖自己？

答：**人与人之间真实而可靠的关系，只能发生在现实中，发生在你们对彼此真实生活的理解与接纳之中。否则都只是妄念。** 想让他人来温暖自己，先让自己具备一些能够去温暖他人的能力。这样他会来得快一些。

第九辑

简单而专心地生活

801. 今年三十三岁，卡在职业瓶颈，不上不下、不温不火。心里有蓝色火焰想突破出去，尝试新的工作，让自己像海绵一样吸取、成长，但又惧怕未知领域，怕自己会后悔离开安全环境，女性该如何选择？

答：如果有这种前后顾虑，基本上做不了自主选择。**也许真正符合你本性的事情还没有到来。如果它来了，你会义无反顾。心中会犹豫的事情不要去做。**

802. 当下疫情这么严重，心里很恐慌，是内心力量还不够吗？如果发生在自己身上，害怕没有足够的勇气与智慧。该如何让自己的内心变得强大？

答：对疾病与死亡有恐慌是人的本能反应，但除本能反应，更需要个人力量。日常个人力量的训练与积累，在发生事件的时候，会让人首先得到来自于自己的内心支撑。内心慌乱、不自控，则可能带来麻烦与问题。掌握基本信息，但不必看太多负面新闻，也不要随众波动。安排好特殊阶段的生活，照顾自己与家人，在内心保持祈祷与祝福。我们的正念、善念，会带去净化能量，减少发散更多的波动情绪。

803、安妮，怎样理解"我和你不算干净的朋友，也不算光明正大的恋人，见面了是情侣，不见面了就是陌生人"这句话？

答：说这种话的人，如果你觉得他还算有趣，可以做个普通朋友聊聊天，否则就直接删除，他没有与你谈恋爱的真心。

804、对他人的苦难感到无力和痛苦，如何才能帮助别人、帮助自己？

答：对每一个善良的人来说，发生在身边的苦难会让我们觉得内疚、自责、悲伤、愤怒。而且每个人并不知道自己会发生一些什么。但过于投入于恐惧或罪恶感，首先伤害的也是自己的身心。能够给予的帮助，来自冷静而有理性的表达、行为与意识。**我们自心安稳，才能够照顾他人。**

805、人究竟应该融入社会的大流，还是坚持自己的意愿而独活呢？

答：这两者之间并不对立与矛盾。人为设限没有必要。走中间道路。中间道路是平衡自己的个体独特性与周围环境的互动与作用关系。不丢弃珍贵本性，这是首要，但也不离弃身边的处境、他人、互动。**人与人之间，人与集体之间，息息相关。我们的生命在某种程度上来说，是通过服务他人、服务外界而得到进阶的。**

806、如何爱一个人，才能使对方感觉到爱和舒服？

答：减少期待、依赖、控制或改变对方的企图。让他做自己，以自己的方式得到快乐。让他觉得自由和内心安宁。

807. 年纪渐长，越觉得身上责任重大，养育小孩，家中长辈也一年一年在老去，感悟到每个人能力有限，因此今年对他人宽容许多。学业上，惰性还是难改，但还是不愿意半途放弃。我想成为能承受礼物的人，而不是被包装吸引。今年在你身上学会很多，感谢庆山。

答：如果我们要得到礼物，首先要能够分辨什么是真正的礼物。然后看自己是否具备容量去接受它。

808. 从小缺少爱，导致现在与别人交往的时候总想得到关心、爱护、照料、体贴、宠爱……可是自己也知道，世上大概没有这样的人，但还一直活在幻想里。求解。

答：人自己所没有的东西，无法给予他人，更不能奢望得到回报。没有栽下过果树，给它浇水、照料，果实从哪里来呢？单身的女孩如果希望得到爱人，尤其要懂得善待他人，不管对方是什么身份与关系的人。**如果能够善待他人，你自身本有的温柔温暖的频率，能吸引相同频率的人与你靠近。**

809. 如何看待最近的医患关系？

答：冰冻三尺非一日之寒。所有的事件爆发都只是结果，重要的是背后的因如何改变和解决。

810. 瘟疫，坠机，恐怖袭击，政治冲突，森林大火……接二连三的天灾人祸。这个世界这样荒诞离奇。有一种世事无常的感觉。

无法抑制住的悲观厌世。如果说改变心念，循环的模式会改变，那么如何做出改变心念的第一步？

答：改变心念，也是在改变因。如果人能够少一些贪嗔痴，具足正念，心有节制、清明地生活，尊重自己和他人，知道如何去爱，看到更长远的时空、更神圣的深意，而不是被捆绑于物质形式和当下之争斗……我们也许会对外境与他人有更好的影响。虽然这些确实很艰难，但这也是明智的方向。

811▸ 第一次问，最近的消息让人很难过，我很痛苦，疫情严重，人类个体互相隔离。情绪很低落，感觉有创伤。

答：地球的大事情，一己之力当下改变不了什么。但我们要意识到，人类个体所创造的自我生存在历史中留下的痕迹，个体的身语意，所有印记与痕迹，正面或负面，良性或恶性，都会投注给外界。重重因缘于无形中日积月累，错综复杂，最终形成各种结果。人负担有责任，对自己，对他人，对地球。每个人的自律与改进有必要。

812▸ "爱本来就不长，为何要专一？"你如何看待现实中存在的诸如此类的观点？

答：**爱本身没有长短，关系有长短。**关系的长短取决于人以什么样的心态对待、维系它。专一本身不可求，是需要彼此同心协力才能达到的结果，而非来自道德绑架或强行索要。只有彼此满足的关系才能自然达到专一。

813▸ 在知乎上看到过一个提问："我读过很多书，但后来大部分都忘记了，那读书的意义是什么？"想听听你对这个问题的见解。

答：我们读书多，有时不容易记得里面全部内容，这很正常。但这不代表读了没用。如果能够在阅读的当下，保持深入而认真地思维，画线、做一些笔记、记录重点，充分消化和融解，那么，在这个过程中，书中的营养与精粹，已被我们吸取受用。这个过程像喝清水，清水不能带来感官上长久的强烈记忆，但人需要喝水。智慧同样是如此。需要被智慧滋养自身并保持长期习惯。

814. 想知道，我们与世界的关系是怎样的？你个人与世界的关系是怎样的？

答：我之前说过多次，不怕重复。我们与世界息息相关，我个人与世界的关系亦如此。我们给予身边的环境或他人一个小小的善念或善举，有可能它持续的时间与扩展的空间，远超过每个人当下的生命。**我们的存在微小，但每个人负有责任。**

815. 一个人独处的时候会做些什么呢？

答：最近特殊时期，我在家里度过很多时间。看一些经典的老电影，读一些大部头的有些难度的厚书，做内心功课，也做一些身体活动。因为没有其他干扰，心安静，学习和吸收很多知识。没有急于写作，也没有发表太多想法。在这样的时候，人更应去感受与体会世界发生之事，反省和观照，进行思考。重大的问题值得在沉淀与反思之后，再进行认真而集中的讨论。

816, 希望大家能"抱抱我，说爱我"，而不是"加油""坚强"……

答：**比起口号，更需要在实际生活中，切实地为他人付出尊重与理解，做点力所能及的事情。**如果有些事情超过自己能力，至少可以在家里为家人或爱人亲手煮饭，照顾好他们，暖言温语，抚慰朋友。关系与情感在外境恶劣时尤其显出重要性。

817, 都说文学作品看多了会得矫情病，这点你怎么看？

答：文学作品也分两种，有能量有智慧，及投其所好提供他人打发时间。在前者，人能得到精神的提升、情感的启发、思维的拓展、意识的进阶。读书也许是自我教育最方便最有效的一种工具，前提是选择对自己有作用的书。不知道所谓的矫情病是指什么。**如果一些人的价值观里，以物质世界的功利、虚荣为重，忽略情感，没有审美与思考，只愿意肤浅而粗鲁地对待生活，不想探索自己，也无力探索他人，从不回头看看自己，那么在他们的心中，一切对我们自身、世界所产生的认真思考与内心表达，以及人所应珍贵的心与本性的表达，都是多余，**就会采取不屑一顾并对之蔑视的态度。那么，你认同这些人的价值观吗？如果不认同，他们怎么想又有何重要。

818, 如何看待婚姻关系呢？感觉当代社会婚姻，从以前的相互扶持依靠，到现在的合伙生活……少了很多人情味，多了很多得失利弊。

答：婚姻与任何其他关系都是一样。需要彼此有退让，有付出，提供滋养与支持，否则无法保持平衡。

819. 最近重新看了《莲花》。很喜欢。不知道能不能拍成电影。

答：我的长篇都比较难以被改编。它们有情节，但更偏重哲思、心境。无形意念的影像化对改编方的要求会比较高，比较难以实现。如果以后出现能够实现的人，也很期待看到它们不一样的呈现方式。

820. 你还在等待对手吗？对于目前的你，什么样的男人才是你的对手呢？如果像你一样已经走了如此漫长与深入的道路的行者都还没等来对手，半路上的我们岂不是更难？

答：人们应该需要伴侣，但对方不是对手，而是彼此成全与补充的部分。**会有一个阶段我们寻找伴侣，渴望伴侣，但之后也许会发现，最根本的圆满是自身阴阳能量的统一。伴侣最终只是经过的道路，不是目标。**

821. 男朋友为什么总是显得很被动？

答：你是不是显得过于主动。在关系中经常思虑被动或主动的问题是一种束缚。

822. 从小到大父母大事小事一直争吵。父亲酗酒后，砸东西、怒吼、肢体推搡等，我担惊受怕，很少开心。也很难步入自己的婚姻。如果我不在，不能时常劝诫，担心出事。我该如何处理父母之间的问题？如何摆脱每日的惊惧？谢谢。

答：我们有什么样的父母，以及父母关系如何，如同我们对待身边的爱人、朋友、同事，任何所遇见的人，只能尽量给予善意、帮助，但不要期望去改变、扭转别人，或改变、扭转某种不属于你掌控的业力关系。完善自己，增强力量，以便日后能够获得属于自己的独立生活。对父母保持责任心，在重要的生活问题上面照顾他们。

823．怎样才能做一个圆滑的人（非贬义）？有棱有角太累了。

答：**不是做一个圆滑的人，而是尽量做能够保持内心平衡的人。**放下对他人与外界过多的自我评判与分别。很多烦恼来自于人自以为是的分别心，以及由此产生的对他人、外界的争论与评判。

824．成为一个职业作家要具备哪些条件？

答：完成任何一件事情都需要因缘聚合，需要有一颗种子。如果没有种子，就没有发芽开花结果的后续。没有合适的因缘聚合，即便有种子也得不到生长。顺其自然。**不要立志一定要成为什么。只是告诉自己努力地去生活，尽量去做喜欢的事情、正确的事情就可以了。**

825．看到很多您的粉丝，一直美慕您的生活，一方面在尘世中生活需要工作维持生存，一方面又想像您一样走南闯北，这就导致内心一直在挣扎。希望您可以给他们一点指导。

答：我答过这个题，生活中没有两全其美、一劳永逸的选择。做任何选择都需要付出代价。问问自己能不能承担这些代价，有没有勇气去付出。如果不能，就停止幻想。如果能，果断开始。人不可能试图避免受苦却获得完美的满意。

826、还在抽烟吗？怎么看待抽烟这件事？（之前问过一次，可能你没看到，如果不想回答就忽略吧。）

答：没有经常抽烟。写作疲累时会抽几根，没有瘾。有节制的行为需要自己来把控。就只是私人选择。

827、小说语言怎么才能做到准确有力啊？

答：先经常锻炼思维。让思考的方式准确有力。

828、感觉你是个十分完美的人，可是人不该只有一面吧，你如何面对自己内心的阴暗面？如何面对那些挣扎、撕裂、混沌无明？而后又如何继续前行？我好像失去了前行的意愿，只想停止、离开。

答：我不是完美的人。我很平常。写作二十年，如果你看过我从第一本持续到现在的作品，中间没有中断，也许会了解到，人都是不完美的。但不回避问题的人，有勇气的人，会追索他们的道路。所以，**你会在书中看到人们如何穿越自己人生，如何面对阴暗面、挣扎、撕裂、混沌无明，以及如何继续前行。书籍的对照作用，在于它们传递大量生命的状态与信息。这是读书的意义。**

829、好像所有人都在追求事业上的成功，非常努力也非常累，这辈子不成功可以吗？平庸的一生就不被允许吗？

答：人的各种生活方式与生活状态，只要不伤害自己与他人，都是被允许的。无须以世俗意义上的成功标准去评判自己的人生。而要看看，在这段有限而短促的地球旅行中，是否曾经尝试去感受自己的本性，足够充分地实现生命，提升意识，并得到内心真正的平静与释然。

830、对于《悉达多》这部作品，您评价如何？

答：如果对一本书产生兴趣，可以自己尝试一读。别人如何评价并不重要。读书是一种私人体验，私人方式。在别人认为看不懂的书里，你可能获取很多。而别人觉得非常喜欢的一本书，你也可能一无所获。

831、《夏摩山谷》买了很久，一直看不进去，心静不下来，是不是没跟上你前行的进度？有几次告诉自己时间到了，可再开始读还是吃力，又搁置了，作为十几年的老读者，以往从《八月未央》到《得未曾有》，都没这种状况发生。你如何看待一本书读不下去的状况呢？

答：《夏摩山谷》需要读者有一些生命体验的积累，以及对自己内在感受的相应程度。一位读者写，读这本书，需要在情感阅历、精读能力、心性训练上有一定能力。差不多是这样。放下来，过几年再读。

832、你的书为何日益无法解释这个世界真实的运作方式？

答：如果以大多数人所关注的世界物质与表相的运作方式，我的书也许提供不了什么建议。世界的运作方式还包括内在多种层面，与我们的心性、情感、心理与生命能量息息相关。我目前的作品探讨这些内在层面较多。这两个层面彼此不可分隔，互为一体，是世界真正的运作方式。**现在的人，对物质与表相**

的关注已足够强烈，内在的层面通常被忽略与轻视。但这个层面需要被更多人发现及产生理解，也许它才是我们的生活中最重要的课题。

833. 我是来表达感谢的。谢谢你，让我找到目标，不再迷茫。每次读你的文字，总会有一些体会和感悟，让我朝着新的方向去努力。我会开心地活着，也希望你一切安好！

答：谢谢。作者也应感谢。

834. 看您的书很多年。想跟您请教最近在反省的问题：面具戴久了，自己都不知道真实的自己是什么样了，知道陷入剧情太深，却有执念，走不出来，是应当完成这个执念，还是隔绝这个执念呢？

答：感受到心中的执念，为什么不试试，让自己直接"看着"这个执念。处于一种无判断的观察与感受之中，去尝试放松，让心产生宽坦与接纳。通过反复练习，你也许会发现，执念是自生起、自解脱的。这是放下执着的方式。

835. 如何看待有些人只是出于各种标签和外界的标准选择书籍，而不是出于心灵的需要。或者说，他们看待一本书的价值，只是看它存在了多长时间和被多少人知道，而不是它本身的内容和属性。

答：我们决定喝一杯茶，有些人觉得，别人喝茶所以我也应该喝，或者说，喝茶重要的是这种形式带给自己与他人的心理感受。**而真正懂得喝茶的人，他只是静静享受一杯茶，以身心去**

体验此事，嗅闻茶香、品尝茶汤，并得到真正的喜悦与满足。

836．写作出书怎样才能成名？

答：不以出名为动机，深入行进，珍惜天赋，锤炼技艺，保持真诚地去表达自己。让文字能够渗透进陌生人的灵魂，与他们发生联结。其实这些都与对成名的渴望没有什么关系。**真正的写作是你对自我探索的完成。**

837．男朋友很体贴，可以说无微不至，虽然已尽力回应，但总感觉爱他很少，觉得亏欠。有时甚至抵触深层次身体接触。我应该放弃这份感情吗？

答：现实状况中，一个你很喜欢的人，也有可能对你不善待，把你摧毁得粉身碎骨、痛不欲生。人应该明白没有完美的感情。我们的心投射在出现于我们身边的人与事上面，不自私，不贪心，平和会多一些。如果一段关系带来的喜悦很少，甚至有负担，分开就可以。来回犹豫，是因为在其中仍有索取。

838．十年婚姻无子，二〇二〇年一年内离婚、丧父，应该如何去面对这些痛苦，让自己能够继续有意义地活着？

答：对置身的时代，我们可以有一个大视野，把它放置于地球人类社会的演变进程中去衡量，对自己的生命也是如此，把它放在一个重重无尽的时空中去衡量，而不是局限于一年、十年、一生。如果飞机带我们升得高一些，俯瞰大地的视野与心境变了，就能知道自己以前理解与定位的自我有局限。这样，当你落地，你就能清楚自身存在的大小与意义。

发生的一切几乎都是这个重重无尽时空的能量点。发生的一切，都要接纳，以及懂得转化它的能量来发展内心。对试图解决的问题来说，当我们懂得看待它的基本原理时，它的重要性就会减少。

839▸ 会建议恩养也向作家发展吗？

答：她目前对写作已很有兴趣，也经常尝试写些作品。我对此抱开放态度，由她自由尝试。作为爱好可以，但写作过于辛苦与孤独，我认为人需要意志力很强并且处于被选择的位置，才能尝试以此为职业。

840▸ 您觉得"00后"需要读您的文章吗？或者说，您觉得您的文章适合"00后"吗？

答：作品不分国界，不受时空影响，不受年龄限制。如果作品探讨的是人性普遍性的问题，一切人都可以读。

841▸ 希望这条提问被看到，那将幸运至极。我想问问您，恩养在画画的时候是有意识地去画，还是拿起颜料跟着当下的感觉呈现潜意识的表达？想知道您与恩养会去探讨画与内里吗？

答：她画画凭靠自己的直觉、潜意识与内心状态。我觉得人以本性状态去做表达与创作，对生命发展有好处。我不干涉她，让她保有充分的体验与探索。只尽量提供她所需要的颜料、画布，还有自由宁静的独处时光。

842▸ 想问，为什么把时间用来做手工在别人眼里是浪费时间？时间长了，我都觉得自己好像真的是在浪费时间。坚持做自己好累。

答：如果做手工是浪费时间，那么刷手机、看网络视频、追剧……是不是更加浪费时间，而且后者会让人的脑袋和心陷入影像交替的轮回，加剧麻木的无意识，失去自我觉知。做手工的时候，人至少与自己同在，感受身心协调，并释放创造力。孩子如果从小培养做手工的能力，对他们的心性发展有利。成人也如此。能够确认自己的价值观，不在乎他人的言论与评判，这是心智成熟与独立的象征。

843. 如果做了自己特别后悔的事情，而且没有回旋的余地，该怎样说服自己去接受呢？

答：以前回复过。我的比喻是，一个杯子突然被打碎，那么扫一扫，把它清理干净，然后扔掉。

844. 为什么你要用你的自身经验去解答大众的问题？

答：我以这种方式建立起来的是一个互动平台。让很多陌生人在此释放困惑与问题，并互相启发、观照。在现在这样网络发达、信息便捷的时代，人的心却越发孤独，很多内心层面的困难无法去沟通，去表达。我的自身经验事实上解决不了他人任何问题，所有问题，最终只能通过个体的摸索与实践，通过时间过滤，才能得到答案。但人与人之间可以提供善意的启发与建议，彼此支持。

845. 喜欢庆山的人，精神世界多有契合与共鸣之处，心力与作者一起增长，阅读与独处让我们在某个时空联结。但大多数时候还是要为现实奔波，被现实消耗灵性，要怎么达到平衡呢？

答：在生活的实际磨炼和处境中，去提升自己的意识与力量，承担起应有的责任。同时保持阅读、学习、心性训练，保持与内心的深度连接。出世与入世之间并不是彼此对立，事实上相辅相成。**我们所要习得的智慧与灵性，最终需要在现实中去运用、去显化。**

846. 经文有很多善也有很多恶，究竟有多少是真实或是虚妄的呢？宗教的本质又是什么呢？

答：不要纠结于任何宗教概念、宗教形式派别与名相束缚。修行之道的核心，在初步的程度上，只是去发现、联结、澄清、深化内心。去获取智慧，去习得圆融。

847. 想知道你会对什么困惑？

答：随着年岁增长，如果曾经认真地思考过，生活过，人的困惑会越来越少。因为那时，他知道对自己来说，重要的是什么，不重要的是什么。只有去做，或不做的选择。而不再有那么多反复纠结、自我冲突的消耗。**他会简单而专心地生活。**

848. 你会拆分掉自己去赋予书中人物你自己的性格思想和精神吗？

答：我想真正会与读者产生深切联系的作者，分享的都是自身真诚而个体的生命特质。这种个人特质会经受和体现出不同的变化阶段，并完成它的淬炼与磨炼。

849, 喜欢你好久了。我想问，一个人要如何消除心中的嫉妒，防止
虚荣心作祟？

答：按照心理分析，人容易产生嫉妒的对象，一般是与自己的
人生目标或价值观相同的人。比如，嫉妒一位在旅行、写作的
人，且对方受到认同，有可能对方实现了自己生活中还未曾被
实现的愿望，这些愿望有时很隐蔽，但会让人产生一种折射的
敌意。消除自己的嫉妒，只能依靠自身自信的增强，个人价值
的实现。这些需要付出努力才能达到。相比起努力，的确嫉妒
更容易一些。

850, 觉得我的父母、家乡并不属于我，这是什么想法？

答：是正确的想法。人需要成长，独立，获得自己真正的人
生。而不是捆绑于某个限制性的地域或关系上，让自己失去远
行的能力。**一个人越拥有开阔、有力的人生，越会独自闯荡。
在他的心中，四海都可以为家，所有人都是一体。**

851, 我觉得心无归处，飘荡了好几个城市，如今不知该何去何从。
觉得不幸福，在陌生的城市。和家人之间有隔阂，很少联系。
行走几年也没什么稳定的朋友，朋友间不知道如何传递温暖。
没有伴侣……工作生活越来越难，背负对自己的期许，想要不
辜负自己，却已经筋疲力尽。我需要支撑，需要爱，可现在困
顿，匮乏。

答：每个人的生活都会经历一些不明方向、挣扎、奔波、艰辛
的阶段。谁都是如此。所以，不要把遭受到的困难、痛苦看得
过于重要，过于独特。**要意识到，每一个阶段都会有变化，都**

隐藏着机会。重要的是你是否在做出行动去增强个人力量。

852. 家中小姑娘四岁半了，还不知道培养她什么样的爱好。不知道你是怎么培养恩养的绘画爱好的？

答：先要观察，让孩子自由自在，有宁静的自主空间与时间去展现他们内心的种子。如果看到孩子对某事有自发的热情与专注，尽量提供环境与条件，让这种子逐渐生发与成长。而不是去帮他们选，强迫他们学。每一个生命都有其自然的轨道，要尊重任何生命的自发活力。

853. 婚姻关系中，一方不断提升自我，另一半始终原地踏步，思维模式不同，也不太能尊重与理解对方的行为和生活态度。多次尝试改变自己和他人，最终无果。是否该就此结束？

答：女性通常会希望在关系中，伴侣的想法与自己是一模一样或至少相近，很少想到对方也是有自己独立成长过程与个性的成年人。在恋爱中就应该观察充分，是否能够彼此相容，而不是希望去改变对方。人通常连自己的习性、缺点都很难去发现、觉知与调整，又怎么能够奢望去改变他人。

854. 你会一直写下去吗？

答：如果身体能够支持写作，会继续创作。写作的劳动强度比较大，需要有意识地去管理好身心，增强体力。意志力对我来说一贯是足够的，现在需要的是身体健康。人的肉身会经历自然变化中的每一个阶段。

855. 互相说了伤人的话而失去人生挚友，我的心就像被挖了一个大洞，一年过去了，生活还得继续，前几天重看《月童度河》，您里面提到，我们没有彻底完成的东西，会一直回头看。我是否应该重新去见他，好好地说说话道个别才能彻底放下呢？

答：如果这件事一直放心不下，何不找对方坦率谈谈？人与人之间容易因为情绪、语言产生各种误解，同时又都过于自尊，执着于自我为重。如果我们不能够去理解他人，宽容一些发生，很难建立起长久的关系。

856. 你有没有想做但一直没做的事？如果有，为何？

答：有。我想去一些古老的圣地看看，比如埃及、秘鲁，想去北欧感受一下极地与无人的冷寂，这些事一直都还没有机会做。完成一件事情需要各种因缘聚合。没有聚合之前，可以先在心里建立意愿。

857. 一直被告知不要把痛苦告诉别人，真正关心你的人会着急、会担心，不关心你的人表面安慰，但你有可能成为别人的茶余谈资。于是，有了心事只能一个人拼命化解，有能让自己舒服些的法子吗？

答：痛苦是不太必要告诉别人的。在心里面对这些痛苦，不回避，让它们发酵。如果足够勇敢，痛苦会变成我们成长的养料。但人的心事有时需要与人沟通与分享，在交流中缓解内心压力，同时也能得到对方的经验。选择那种心理能力较强的朋友。他不会无故为你担心，更不会去传播是非。他会告诉你一些经验。

858. 想请教下，怎么选未来伴侣呢？

答：我不太认为人有能力去选择自己的未来伴侣。基本上，我们得到什么样的伴侣，是与自身的积累相匹配。按照我常用的比喻，撒下过什么样的种子，才会得到什么样的果实。

859. 为什么大多数人都会生孩子？养一个孩子需要很多时间，很多耐心，很多育儿知识，而且还有可能不小心培养坏了。所以到底为什么要孩子呢？

答：生育是一种个人选择，不应该被任何外界压力或价值观所胁迫。同时，生育如同我们所做的任何选择，都有正负面，需要承担选择所造成的代价。养育孩子付出大量精力、时间、经济储备，但同时也是让自己获得成长与成熟的契机。与孩子的互动会带来很多生命的启发与经验。不养育，留下很多个人空间，有自由，但也没有这些互动的部分。看自己如何选择。

860. 三十二岁依然没有遇到可以结婚的人，渴望爱情，身体却在衰老，想生一个自己的孩子，不知还要再等多久才会遇见他。淡定居多但偶有迷茫，宁缺毋滥的结果若导致没有爱人，只有亲情友情地"孤独"终老，还是有遗憾的。

答：**人应该去实践与他人相爱，只有在关系中我们才能知道自己犯过什么样的错，得到实践，慢慢领悟到爱的本质。如果什么也不尝试，没有行动，就没有成长机会。现在的误区是，通常女性对爱人的要求过高，外表、内心、经济能力、永恒的专一……各个方面都有奢求，但大家其实都是普通人，期望不过是妄念。觉得一恋爱必须固定和限制关系，要朝着结婚，也影**

响关系的自然发展。如果女性不懂得放宽心态，建立自信，也无法欣赏男人的平凡与内在之美，关系很难建立。也就错过在关系中让生命获得进步的机会。

861、如何静心摒除杂念？

答：需要一些训练方法，不是三言两语就能解决。要通过系统的、有次第的学习，日复一日，累积实践与经验。静坐是很好的入门。

862、对于心中的恶念，我们该如何去除？

答：每个人心中都有善恶的组成部分，从更高的角度来说，它们最终都归属于无分别的心性源流，但对初级的我们来说，守持心中的善意，以正念去除恶意的污染，是重要的功课。人性是善恶的混合体，不要试图成为完全无恶念的人，因为不可能。对自己的念头保持觉知。

863、如何成为你这样的女子？

答：我只是一个普通人，有各种缺点。要如实接受自己的本性与特质。

864、我今年十七岁。早熟，寄情山海，成绩优异，在身上文过图案也丢过几个烟头。数个日夜研读您的书，越发觉得自我探索意义之重。我这个年纪却和您的诸多念头不谋而合，对于哲理则是有道不明的灵性，可否点拨学习的意义？

答：希望你能在此开放的心态中，阅读一些相关的书，通过听闻、思考、自修去学习，哪怕一边学习一边产生各种疑问。沉淀与收获心得，而不是急促或盲目地寻找外界的场地或关系。阅读经典，尝试实践，这就是最基本的学习。如果到时有什么具体问题可以给我写邮件。人不能寻找现成的答案，而应通过自身实践去学习、寻找，会更快获得感受。在心的修习中，更应如此。

865▸丈夫出轨，参与育儿和家庭活动的时间寥寥无几，也不体贴。也许心有期待却落空，常常独自睡不好到天亮。想离婚，但是父母那里有阻力，也不想影响孩子性格。不知道该如何在这场苦难里修行。

答：一些很难被改变的所谓的苦难或困难，也许是人在当下需要去承担、面对和内省的。任何困难当中，都潜藏着背后的深意。怨悔或自怜之类的情绪基本上无用，需要增强个人力量，观察与调整自己的行为与思考方式。**外界的显化与我们的心态有关系。外界的改变，需要我们积累一定程度的个人力量。**

866▸我想询问，如果和父母是孽缘（就是抱怨讨债还债的因缘），和他们相处非常困难，该如何了脱这段缘分，让它在今生有个结束？谢谢你。

答：之前回答过好几次关于父母关系的问题，可以重复回答。身为子女，如果觉得与原生家庭关系不和睦，影响到自己，可以通过精神独立、经济独立的各种方式，努力达到能够独立生活的状态。如果自身依赖父母、家庭的支援，不能分开生活，受到捆绑束缚，很难实现个体成长。独立生活、保持距离是关键。但对父母要尊重，承担必要的照顾与责任。

867、迷茫的时候我们应该做些什么？

答：可以什么都不做。**人保持安静是很有难度的，但只有在安静中我们才能抵达深处。**

868、真的能透过钱看出这个人对自己的爱吗？一谈钱就伤感情。

答：实在看不出在男女关系中，一定要把钱与感情画上等号有何根据。不要去画等号，这是轻视了自己的心。正常的关系是，我们享受与融合彼此的本性。**钱在关系中是一种给予照顾的工具，它是工具，前提是想给予想照顾的心。**先看看彼此是不是真正亲密，有没有互相给予与照顾的意愿。而不是企图或强迫对方给钱。

869、婚姻中为何要互相信任？为何要顾全大局，比如同时照顾到婆家和娘家？我怕自己不会那么均衡处理纷繁的事务。不喜欢原生家庭，也讨厌面对除了爱人以外的家庭人际关系，想过爱屋及乌，但是真心只想岁月静好。这样的想法会不会很幼稚？

答：是的，这想法有些幼稚。婚姻是在变动与平衡之间波动的。如果处理不好组成它的各层关系，整体不可能稳定存在。婚姻不是温室，不是真空花园，只负责提供给人源源不断的保护、爱意、满足、快乐……这些是妄念。**相反，它有许多责任与考验，要善待伴侣、养育孩子、照顾老人。岁月静好只能建立在智慧与善意之上。**

870. 我想知道信任如何重建呢？

答：一些事务上的过失可以弥补，品行与心地上的过失则很难被弥补。所以，我们对自己的身语意要保持一定程度的警醒与约束，谨慎地做出决定。

871. 我知道无法做到百分百"让心中无事"，但是也想听听你的做法。

答：人不可能做到"让心中无事"。这句话的正确理解是，**我们心里每时每刻会有各种杂念与想法产生，重要是如何让它们自由来去，自生自灭，如何观察它们，以及如何与它们互动。**通常，有知觉的认知和消化，会带来明净的结果。跟随妄念而沉沦，会让人癫狂苦痛。

872. 分开的两个人，如今还在频繁联系，于他于我，该如何处之？

答：既然频繁联系，又何必分手？世间的事其实单纯，是我们无法清楚明了了自己与他人的想法和情绪，这才举步维艰、游移不定。相爱，就在一起。不能爱了，就分开。

873. 我是两个娃的妈妈，孩子分别四岁和两岁。我三十了，全职照顾孩子四年，每天带两个娃忙得焦头烂额。为了能照顾好他们一直忽视自己需求。现在想考个全日制研究生提升下自己，重新有一段属于自己的时光，上课，思考，读书，健身，全心全意。平常可跟孩子视频，也可定时回去看他们，对孩子来说会不公平吗？

答：孩子年幼，需要父母亲自照顾，才能让他们健康成长。现在的阶段，就不要再有这种假设。有些事情，应该是单身时充分去享受、去完成的。选择了婚姻、生育，就应为自己的选择付出代价。**这是责任心，即对自己所选择的事情做出努力，让它有个好的结果。不管如何，人在任何处境之下，都不应失去自己的独立意识与内心的深度。**

874. 上床代表什么？有些人为了性欲为了寂寞为了交易，在我眼里却是爱情。爱情于我是所有感情里的最高级，太纯粹太脆弱又极富勇气。

答：对于性，不同的人可以持有自己的态度与方式。也许对我们来说，重要的只是尽量去发现跟自己想法相近的人，而不是强求对方与自己想法趋同。世俗的爱情的确是脆弱的，如果它夹杂了人自私自利的欲望与妄念，通常会落空。至于高级的爱情，需要很多前提和条件，对彼此有着较高的要求。

875. 为什么无法持续性地爱一个人？

答：大多数所谓的爱，其核心都是为了自我满足。但他人的存在有他自己的取向与标准，他也需要得到自我满足。所以，人很难期望对方让自己完全满意。

876. 二十岁，以我的阅历，是否能够给父母建议，甚至要求父母不去做那些自己认为对他们并无益处（家里其他人也不赞成）的事？既不希望自己默不作声让父母冒险，也不想以后后悔因为自己影响了父母的决定，望回复。

答：你已是成年人，可以与父母沟通你认为有必要的事情。前提是不固执于自己的想法，思考自己的想法是否合理、公允，是父母所需要的并对他们确实有益。也不强迫他们一定要接受你的想法。

877. 二十二岁应该追求些什么，争取些什么？您二十二岁在干什么呢？

答：二十二岁的我，学习，去图书馆借书大量阅读，寒暑假打工，用打工挣的钱买书，背包旅行，也跟人恋爱……要做的事情很多，心里有很多愿力。但我的二十二岁与你的二十二岁有些区别。那时我所在的时代，还不是大部分人都刷手机、拍视频、整容、追剧、渴望自己受人关注、幻想自己一夜暴富的时代。年轻人也不会借贷过度消费，不觉得赚钱是最迫切的压力与渴望，也不对他人充满莫名其妙的崇拜或戾气。你的二十二岁所在的时代更有挑战。这个时代的年轻人需要有更多的清醒与自控。

878. 在家待数月，时常莫名情绪不好，和家人发脾气争吵。父母都各自有房间，各自孤单，在绝望边缘徘徊。自己意识到这不好，却无法控制，恶性循环。我知道自己没有能力去改变父母此时的观念和心态，但我想让自己得到改变，至少控制自己不对着父母发脾气带去伤害。说容易，做起来太难了。

答：愤怒、怨恨、苛责，容易成为头脑惯性的反应模式，成为习惯。如果我们不在发生的当下产生自省，去认知、观察它，以及对此进行调整、约束，它会像一股大浪，兴起时把人打得看不清楚方向，完全失去本意。如何能够在变动中回归中心？需要训练，需要心理调适过程。

879. 请问您最看重人的哪几种品质？谢谢。

答：无论如何，我都会觉得人的善良、真心诚意和抱有正念很重要。我也喜欢质朴、纯净、温柔、勇敢的人。喜欢能够给别人带去帮助的人。**善良而又有智慧更为可贵。**

880. 这几天看新闻，全球疫情，未成年被性侵，等等，看完心情总会受到很严重的影响，不知道怎么消化。

答：很多事件对大众来说并不了解其背后深度，也难分真假。可以少看，少产生情绪，不受其影响。做一些自己能够控制好的事情，力所能及地去善良地生活。

881. 以前看了你的书，感觉心灵得到净化，能让人安静下来。现在却很难安静下来，可能是生活的磨难。总是感觉在后悔昨天，期盼不存在的明天，感觉每天都很累，想改变现状，却又无从做起。

答：我们身处的人类社会与时代，因为科技滥用、物质崇拜、个体迷失灵性、缺乏信念、工业破坏生态环境、心的贪嗔痴炽热、缺乏安全感与真相等种种问题而爆发各种变化，这些发生会影响到每一个人的实际生活。**在此处境下，更应该懂得管理自心，保持净化、平衡、宁静与提升的价值，因为这是人类需要重视的回归之道。个体对集体负责。成为怎么样的个体由自己去决定。**我们需要获得更广阔的视野，即对自己内在生命的整体循环负责，而不是由外界易碎而短暂的存在形式来决定自己的心境。

882► 有时候爱，有时候不爱，怎么办？

答：**爱的时候爱，不爱的时候不爱。顺其自然吧。**情爱的反复无常是它正常的特质。

883► 第一次向你提问。我的父亲，从我出生起他就经常在外喝酒，喝醉，和我母亲争吵，打架……每每想起来都会觉得苦涩。我今年已经二十岁，原本以为他会醒悟，克制自己。却不然。一次次看见他喝得没有意识，一个庞大且毫无生命力的躯体……

答：接受生命中发生过的事情，出现过的人。对抗或试图改变对方很难，因为他人有其被自己业力引导的想法、方式与行事。如果能够通过自己的成熟或力量让对方有所改变，这样很好，如果不能，又无法断开，就保持距离。二十岁已是成年人，应尝试获得自己独立而健康的生活。

884► 我已经厌世，该如何在滚滚红尘中平静地活出自己的一方净土？

答：人大概只有在走过千山万水、看尽世间风景之后才可以问这样的问题……你走尽了吗？

885► 无性婚姻是否应该坚持？

答：看婚姻里是否存在着其他比性更重要的事物，是否存在着与性比较而言对你更为重要的价值。

886► 你会对新闻或者热门话题发表自己的想法和看法吗？

答：我关注、了解、观察和思考在身边发生的事情，不管它的性质是强烈到席卷全球，还是微小到只发生在路边一个陌生人的身上。**越是重要的事情，越需要时间的深度过滤，才能有客观的反省与启示来做表达**。在事情发生时，保持观察、思考、过滤与尊重是必要的。表达反省与启示，是写作者的工作职责，但不意味着一定要发出口号、观点。表达有不同的方式和层面。

887.觉得自己好多方面都需要提升，可是需要做的太多了，而时间却极其有限，我该从何做起，如何做起呢？

答：先从小事做起。把自己的房间打扫干净，为身边的人做一顿好饭，不沉迷于手机与网络，每天安静地阅读一会儿，锻炼一下身体，尽量帮助他人，认真做好手上的工作……去做这些似乎并不困难。

888.恩养的画作是自发创作的吗？还是另请了老师指导？画作的内容跟她的阅读有关联吗？如果有，可否分享一下她都会阅读哪些书籍？

答：她是自发创作。以前有一周一次的艺术课训练。画作的内容随心所欲，跟她自己心的发展与练习有关。除了画画，她喜欢阅读。最近读了很多川端康成与三岛由纪夫的作品。也喜欢读一些英文小说，之前读了一个印度女孩的日记。

889.什么是慈悲？

答：知道所有的人和自己一样，希望得到快乐而不是痛苦。因此，多提供一些帮助、温暖、欢乐和宁静，而不是去损伤他们。

890. 你认为教育小孩最重要的是什么？

答：成人首要的是，不急于用自己的期待、功利心、世俗概念去染污和要求他们。**让孩子尽可能保持单纯干净的心灵空间，按照自己的节奏去生长。**

891. 我和前任相处八个月一直甜蜜，从未吵过架，但是最后我们分开了。原因是交往时我隐瞒了我家庭的一些情况（我爸赌博，我妈抑郁），等到快要结婚时才告诉他，他觉得自己被骗了，说我骗婚，说我对他的感情不纯粹。分开后我一直在跟他解释，努力挽回他，他不愿意复合却跟我保持联系，为什么？

答：他不能接受你生命部分的缺失与负面的阴影，所以这并非真正深爱的情感。及时分开是好的。现在还保持联系，不代表他以后会接受你，只是暂时牵连。建议一方面要在自身调整与建设的层面下功夫，同时要学会自信。自信是接受自己的完整性，也让他人看到和接受自己的完整性。**所有发生都是我们生命的组成部分。不要去回避。回避会让你失去力量。**

892. 怎么样才算真正地活过？

答：对社会有所创造。为他人付出过。完善自己。

893. 十八岁的我该做什么？

答：竭尽所能地去学习、阅读、吸收、体验、实践。做喜欢的事情。不沉迷于网络、游戏、娱乐、无聊节目。多做一些可以提升自己的事情。

894► 感觉自己有社交障碍。其实对熟人还好，可是对关系一般的同学就很拘谨，而这一切在别人眼里，就是冷漠和高冷。我想变得外向，但总是害怕自己说错话，做错事。是内心一直自卑的原因吗？

答：性格内向，不需要强迫自己去变得外向。性格本有不同分类，如实接受自己本貌。关键仍是要去充实内在，多阅读、学习、思考，见多识广。人的心灵饱满、丰富，自然会有很多东西可以拿出来与大家分享。信心也由此而生。这是逐步积累和改变的过程。对任何人，保持基本善意与礼貌即可，提供一些帮助。不需要去特意取悦、迎合、靠近。

895► 男女之间的感情是不是都不能长存？

答：**要看是以什么方式在经营的感情，这决定它的存在长度和深度。**

896► 电视剧、综艺、游戏是肤浅的娱乐，不能给我们带来更深的益处。但是我们为什么不能在有限的生命争取这些快乐呢？

答：如果需要这些快乐可以争取。但这意味着花在有价值的事情上的时间和精力会减少。

897► 如何才能够找到在性爱上也能相互尊重的另一半呢？昨天和一网友聊到性爱，我觉得性爱不等于色情，他反问我："难道性爱就高尚了吗？"他认为性爱是自我满足，没有想象中那么美好。他说，现实社会很残酷，比如网恋之后，大多会奔现、吃饭、做爱，处得来就继续。性就是满足自己的一种工具。

答：他的观点也许可以代表大部分在物化世界中缺乏内心意识的男性的立场。年轻女孩在社会中遇见的，如果大部分是这种特征的男性，要记得放弃天真、无知、依赖、期待。也不能以性作为交换，去交换自己幻想中的恋爱、恋人，以及认为有了性就必须互相专一，甚至强迫对方结婚。这些认知只会让自己陷入失望与痛苦。从女性的角度出发，要注意的是三处：一、你要知道自己面对的是一个什么类型的男人。二、不要幻想，放弃执着。三、有粗陋、自私的性，也有美好、提升的性，而这取决于两个发生者彼此的特质与认知。和性本身无关。

898. 工作对于人来说到底代表着什么？

答：工作是为了获得一定收入，可以维持肉身生存和日常生活。同时，工作也是一个可以载体，可以由此服务他人。但这两者都不是人生的目标。也就是说，工作本身不是人生目标。但它是你去追求和实现自己的人生目标的重要工具。

899. 如果在这一生，不想与任何人争吵，要怎样做到？

答：先平息自己内心的嗔恨。当你不想吵，架就不会形成。

900. 对于现在的年轻人，有什么忠告吗？

答：当前社会的娱乐、科技过于发达，感官被外境牵引的因素杂乱。**对追逐与迷乱的发生要有警觉，能够自控。把注意力放在真正重要的、有意义的事情上。**

第十辑

树养育
自己的根

901. 不确定自己是不是可以成为母亲，总觉得这是神圣又谨慎的事情。并没有生长成自己喜欢的样子，自律和财务自由都未曾做到，但年龄处在那里。这样的情况下，是否能够为新的生命负责？怕不能为孩子创造相对自由的生长空间。

答：人世艰辛，新的生命出现都要面对很多考验。但即便考虑再周全，每一个生命仍要经历过自身必须经历的一切。身为父母，一方面要细心照顾他们，直至他们可以独立成人。另一方面，放弃控制与期待，**不把孩子当作私有物。这需要很多付出，也需要理性与克制。成为父母需要很多个人力量。**如果选择生育，我们最大的可能性是，一边养育孩子一边与他们一起成长。父母对孩子的影响极大。为了让孩子能够成为自利且利他的人，而不是给社会与他人制造麻烦与痛苦的人，父母们有持续学习与成熟的责任。

902. 上次的提问中你说不要妄想在婚姻中得到物质保障、情感依赖、忠贞不渝等，那请问婚姻如果没有情感的依赖，那维系婚姻的是什么？婚姻中我们应该得到的是什么？

答：维系婚姻的是理性、接纳、感恩、珍惜，与任何一种关系的经营相同。我们付出的，会决定我们所得到的。

903，人真的会对一个人忠诚吗？

答：如果对方觉得被不可替代地满足，如果他觉得有必要。

904，我想问，提什么问题才能被你选中？很好奇你和朋友的相处模式和对友情的定义、界限、升级之类的想法。

答：我会选择觉得能够回答并且具有普遍性的问题。有些问题过于个人及琐碎，有些问题则主题太大，泛泛而谈，会难以作答。关于友情，我认为锦上添花比雪中送炭更可贵，即我们最好不要打着友情的幌子，去随意、任性地麻烦、打扰、干涉、期望朋友，不去挑战人性底线。而是尽量增进彼此的喜乐与宁静。**所谓良师益友，是可以帮助我们的灵性内在生命发展的人。这是珍贵的朋友。**

905，怎么确定那个人就是对的人，是可以走进婚姻的人？

答：我之前回答过，当你足够了解对方的缺点与软弱之处，却依然想和他在一起，这个关系大概可以长久。**真正爱一个人，不是只被彼此的强壮、美丽等优点所吸引。而是理解与接受彼此的弱小。**

906，问题得到解答的多，解决的少。如何解决"道理都懂却依然过不好这一生"的难题？

答：三言两语只是他人提供的劝慰和不同的视野与参考点。真正的解决，需要自己去实践、行动、体验、感受。**不行动的人如何过好自己的一生呢。**

907. 没有什么问题，正读大二。很早知道您，疫情期间开始关注您。发现了您的一千条问答，于是整理出来，打印了一份，每天看看，能静心。看见许多的问题和主题有重复，发现大部分的人都有类似的悲欢。已经九百多个问答了，您关于原生家庭的回答解决了困惑了我多年的疑问。很感谢，由衷。

答：是的，大多问题重复，但我仍持续作答，是觉得对个体而言，这些困难或伤痛是具体而深切的。如果人能够知道世间的苦大多相同，每个人都在经受各自的生命之不易，需要面对自己的黑暗深渊，也许就会生起对自己、对他人的慈悲。最终人应去寻找如何解脱这些苦的道路。

908. 跟你同龄，害怕衰老。要如何正视？

答：如同一棵树会生枝展叶，开花结果，凋谢荒芜，人的生命形式与其没有两样，要接受内在秩序的安排。一些女性所热衷的靠整容保持的塑胶花般的美丽，没有什么价值。**真正的价值是，树养育自己的根，而我们养育自己的内在生命，让它得到净化、升级。并且安然接受一切生灭循环。**

909. 对于朋友的离弃和背叛怎么看？

答：离弃和背叛是站在你的角度来看。对朋友来说，另有一个属于他自己的故事，他不一定认为是这样。

910. 人善被人欺，怎么看？

答：善良如此宝贵，更需要有智慧护佑。

911. 作为一个二十几岁的女孩，虽正处在热恋期，但对感情、婚姻悲观。即使对方很爱自己，仍认为男人这个群体无法爱一个女人一辈子，认为他们会出轨，即使现在很爱，之后也会有态度的改变。这种心态正常吗？

答：这不是心态是否正常的问题，而是你对感情或人性是否有足够认知。的确无法去下结论，男人是否会爱一个女人一辈子，有些会有些不会。但这个问题重要吗？就像你去猜测一朵花是不是会谢，一碗汤是不是会发馊。**何不在当下认真欣赏一朵花盛开的美景，及时喝下一碗美味的热汤。相爱是为了喜悦，不是为了占有。**任何活着的东西都会发生变化。

912. 如何消除对一个劈腿的人数年的执念？

答：让这执念存在到能够消失为止。如同有人说的，水太烫，自动会松手。

913. 如何走出情欲之苦？如何真实地生活？谢谢您。

答：情欲的苦楚终究会受尽。那时心就会自然地生起对渴切与执着的出离。**虚假的事物一旦被识破，人会开始寻找真实。**

914. 我可以找到内心的宁静吗？未来会越来越累，越来越孤单吗？未来我可以有闲暇的时间提升自己，享受生活，骑小电驴吹湖风吗？我喜欢的男孩子都不喜欢我，未来我还可以遇到善良、真诚、爱小动物的男孩子吗？他们说未来很现实，人会到处相亲。我对自己很自信，但看着周围人，我心里有点害怕。

答：**看这些句子，仿佛看到一个可爱而质朴的女孩模样。**按照自己的方式去做，不用害怕。做自己。

915、感觉训练自己的心好难。处在时而失控时而自律的状态。想问一下如何面对和调整失控的自己。

答：失控的时候，如果自己能够看到，觉知，不算是全部的失控。人的状态与情绪起伏变化有时难以避免，如实接受这种变化，并进行有效分解，尽快恢复与平衡。这个恢复与平衡的速度代表我们自控、自我管理的能力。

916、生活是且战且退还是破釜沉舟？

答：生活顺其自然、心平气和就好。这需要一些智慧。

917、是否等达到一定年岁之后才能感觉到对生活的满足？我总是对现在的生活感到不满意，同时又在竞争中感觉到很疲惫。目前大二。

答：对生活的满足不在于年龄，在于人的心境。夏日一阵凉风吹过，有没有去好好感受它带来的舒畅与清爽？在生活中除了完成必要的责任与任务，留给自己一份怡然自得、从容、自然的心境。这会带来更广阔的内心空间。

918、结婚后如何不在家常琐碎中沉沦？真的感觉婚姻把眼中的光都快磨没了。

答：与人组建家庭，并非易事。它不是幻想中的避风港或理想之地。一些女性对婚姻容易产生一厢情愿的、过于执着的期待与妄求，自身却又缺乏能量去承担起照顾老小、维系家庭的部分责任。**人从事任何技艺、任何工作，都需要自身素质的提升与增强，没有其他原因可以推诿。婚姻也是一样。**

919▸一个人在内心里时时感受到一股清明洁净的力量，非常沉稳，这是属于什么样的阶段呢？跟年龄会有什么样的关系呢？

答：跟年龄没有关系。跟经历、思考、修习、受训有关。以正确的方式去学习、整合自身，会加强这股力量。

920▸对写作这件事来说，天赋和努力，是不是一样重要？

答：都很重要。这件事其实很难。

921▸您觉得未来哪部作品会再被改编成电影？或者您希望是哪部？

答：事情的实现需要因缘具足，所以这与我的感觉或希望无关。只能看这件事情是否到了可以被实现的节点。如果说是随便谈谈，也许是希望《夏摩山谷》《春宴》《莲花》这样的大长篇能够改编成电影。它们拍出来会很壮观，并且真正有力。当然，也有足够难度。

922▸是否会存在长达一辈子的执念？

答：执念是牢狱。你愿意在里面坐多久？

923▸遇人遇事敏感又急躁，自身脆弱，要怎么提高？

答：有时我们把自己看得过于重要。尝试把自我的重要性降低一些。

924. 年龄渐老，如何面对人生中渐渐而来的丧失？体力、精力、健康、友人、伴侣……

答：**让会失去的就慢慢失去吧**，自然规律谁也无法抵抗。上了年龄，不用尽力地去做一朵塑胶花，仍试图引人关注或羡慕，这只是外形。重要的是，我们内在的智慧、清醒、爱、宁静要生起。事实上，我们越削减自己对外在的欲望、占有、依赖与期待，越有可能让这些本性凸显而出。这是为最终的完结做的准备，也是随着年龄而得到的果实。

925. 最近在反复读《夏摩山谷》，看见里面有个我。在瞬间要毁灭一切的时刻，看见天亮的光。天亮后又微笑生活。期待也遇见那个能认出自己的自己。不知要等多久。感觉可以触摸到，又仿佛很远。其实勇敢深处，还是害怕受伤。

答：所谓的神性、佛性、原力，不过是隐藏在每个人内在深处的本性。每个人都有，但很多时候我们过于关注物质界，感觉不到它，不认识它。**当你认出它，要更多地深入，探索，与它靠近。这是生命真实之道，通向丰盛的源泉。**

926. 个体生活在尘世，我们需要找个伴侣一起承担生活的辛苦与挑战。但真正的爱是什么样的呢？理想的男女之爱又是什么样子？

答：这个问题之前回答过多次。在《夏摩山谷》中有集中而深人的阐述与表达。如果有时间，可以静心读一下这本书。虽然长篇小说的阅读考验心力，需要深度阅读。但如果能进入作者的心性层面，可以收获到很多启示。这会比我这里三言两语传递的更多。

927► 高中开始读你的书，现在已经工作三年，是一名公务员。两三个月前读完《夏摩山谷》，生命得到滋养，很深的感动，好几次忍不住流泪，谢谢你。我时常觉得公务员的工作对自己的生命是一种消耗，想换工作，可是没有勇气。我们应该如何选择工作？

答：有些工作可能是外界各种因素或需要，决定我们去从事，有些工作是自主选择，或许也符合个人天赋与兴趣。工作分不同性质。但我们从事什么样的工作通常也与自己的业力相关。不管如何，重要的是我们以何种心态、职业素质和专业态度去从事。工作需要对自己有要求，做事认真负责，有利他的服务精神。而不仅仅只视之为一份谋生工具。

928► 与人相处时该如何掌握分寸感？

答：在一些细节上要有觉知，注意不去麻烦别人，尽量给人以方便。有礼貌，尊重他人的自由与选择。我们给他人自由、尊重与方便，是给自己留有空间。

929► 每次看完你的文章，内心都很舒服，像是胃痛时吃了急救的止痛药。但这只是暂时的，生活终究要面对现实和世俗，读过后又会陷入生活中的困顿和烦恼。不禁怀疑文字来源于生活，但又绝缘于生活。

答：我的文章不算什么，它们很普通。如果读过古人圣贤的书，他们的智慧才是这世间的良药。但良药早就摆在那里，而且洋洋洒洒，并没有隐瞒，我们却没有去择取，也没有服用和消化。**没有被应用的良药，看起来也就不过是文字而已。**

930▸世界上真的会有合适的人等你吗？

答：不一定。要看因缘。如果还没有出现，至少你还有很多时间能够让自己变得更美好一些。

931▸如何能够细致敏锐地观察周围的一切？希望能看到某件事的本质。

答：修习止观。先让自己的心学习如何安定下来。再学习以有定力的心，在变幻起伏的现实场景与遭遇中，反复与之磨合与平衡。**当智慧生起，我们会看到事物的本质，生起明晰的辨认。这样会免去很多内心纠结与困扰。**

932▸自己很懒很懒，也没有一技之长，迟迟不找工作。怎么办？

答：原因都在前面，所以只能得到后面这个果实。除了去改变那两个因，没有怎么办。

933▸读者和作者是否应该相见？毕竟是有共鸣的人。

答：可以相见。但读者最好不要用理想化的、幻想式的心态去期待作者。作者不是造星工业流水线制造出来的虚假的偶像。作者是一个普通生活的真实的人，只不过他以自己的方式呈现思考中的精华。汲取其精华就可以。见到的，不过也是一个寻常人。

934、一直都看你回答大家的问题，他们都替我询问了。我今年二十二岁，刚毕业，内心一直有一个属于自己的理想世界，初入职场，感觉不太能融入。始终难和别人交心，不能从一段感情里走出来，因为只和他交心了。心里都明白却也还是常常难过。我是不是还不够努力？

答：如果能够用平等的观念去看待他人，会发现大家都是一样的人。所有人都有自己的欢乐、困境、性格、喜好、身不由己和为难之处。本质上人与人之间没有什么区别。这也意味着，不管是同事，还是交往过的恋人，你自己，或者我，以及你不认识的网上的陌生人……我们在本质上都是平等一味的。这种认知会让我们不那么执着于内心喜好或亲疏的界限。**心打开，与万物一体，也与他人感同身受，共同振动。这会让我们对他人更容易产生理解。**

935、为什么人要这么仓促地过完这一生，忙着读书、忙着工作，一切还没有稳定下来又要忙着结婚生子？

答：大多数人会被外界的价值观和俗世标准所推动，也被自己内心的恐惧、软弱与孤独推动。不知道如何自处，也不知道该如何取舍。

936、钱在一个有梦想的人眼里真的是身外之物吗？

答：钱与有梦想不是对立的。钱没有什么好或不好，看你以什么样的姿态取得与使用。所谓梦想也需要谨慎，很多梦想不过是一厢情愿的幻想。

937. 怎样算真正的朋友？

答：不管是朋友或恋人，在一切关系中，都需要我们抛开身份、标签、虚荣、自私自利的各种个人期望与依赖，而真正地喜欢对方，接受这个人本来与真实的原貌。这种真实的关系会更长久一些。

938. 我想了很久，人这一生一直都在遇到困难解决困难，想着怎么挣钱、怎么维持生活、怎么努力活着，每天都会有新的问题出现，每天都要思考怎么解决这些问题，很累，可还有人比我更累，所以我一直想，都想不出人这一生的意义何在，就只是为了体验一回吗？

答：看到冬天茫茫飞雪或春日的花枝烂漫，心里没有喜悦吗？拥抱爱的人在怀里，或抱起幼小的孩子亲吻时，心里没有喜悦吗？喝到一杯芳香而充沛的热茶时，心里没有喜悦吗？在露台听着雨声，或看到月亮圆满发光的时候，心里没有喜悦吗……我不知道别人怎么想，但我觉得人生里有很多喜悦而可被感激的时刻。感激你自己得到生命，来人间一游。**这一趟旅途，即便经历各种问题与考验，当以此生为渡船，不虚此行。**

939. 接纳了别人的喜欢，但相处一段时间后他们都大言不惭地离开，该怎样去面对曾经他带给自己的那份温暖？

答：不必留恋往昔。想想他们为何离开。

940▸怎么样才能看出一个男人到底是不是真的爱你？

答：他是否接受你的弱处，并且愿意为此有所承担。是否只想在你身上索取愉悦，而回避彼此生命冲撞带来的痛苦与冲突。男人的爱需要有明确的责任心，有了爱才会有耐心与仁慈。**真正的爱是一种付出。**

941▸想问一下子女与家长在家里应该如何相处才能和谐。

答：父母要首先意识到自己也是有待成熟与完善的个体，自己不是完美，不是权威，更不是孩子的占有者。自己的各种缺陷与弱处，需要持续的自我学习与自我教育。**只有愿意趋向成熟与完善的父母，才能带给孩子们真正的照顾与帮助。**

942▸我想问，孩子也随您到各处走走看看停停吗？她上学了吗？如何面对孩子在成长过程中的各种叛逆行为？

答：她在上学，有假期会跟着我四处去旅行。孩子到了一定年龄产生叛逆心理很正常，他们在试图发展自己的精神独立意识，需要尊重他们的个性、兴趣、爱好、情感、情绪，也需要明确而理性地引领他们的一些认知，按照情境、事情的变化进行适当的疏导与建议。孩子们其实喜欢也需要被引领，但父母需具备一些视野、能力与沟通技巧。**最好的沟通技巧是理解与尊重。**

943▸您时常在作品里提及的身口意如何去理解呢？

答：我经常提到要觉知身口意，净化身口意，指的是我们的行为、言语表达、心念意识。这三种因素是我们形成自己及影响外界的重要方式。

944. 您令我感动。记得您少年时的照片，在田野里提起蓝色裙摆的背影。您一路走到如今，很不易，谢谢您的坚持，让我见到了更深远的道理与美景。感谢您。

答：我们这些活在世界上的普通人，一生短促、无常而迅疾，而且需要克服诸多缺陷、困境与有待完善之处，每个人进行自己的人生都不容易。但无论如何，不应辜负这样的一生。

945. 人与人之间初次懵懂的爱是否能扶持彼此一生？

答：如果你试图学会游泳渡过大海，需要技能与经验的增强，才能够支撑你完成长距离的任务，而不是最初的尝试与试水。关系的维持与经营，同样需要个人力量。**至于爱，爱其实不需要任何学习与训练，因为它自然天成，与生俱有，只是我们很难在自己与他人的心中去发现它。**它被蒙蔽与覆盖得很深。只有真正纯净与真诚的人，才能连接到它。大部分俗世的所谓感情都只是日常关系。对待关系，需要训练好自己的能力。

946. 今年大学毕业，想进入实体书店行业做第一份工作，但不免害怕夕阳产业发展不佳，满足不了父母的期待，短时间内也难以获得世俗意义上的成功。另一方面，又认为直接去做自己最想做的那件事，不妥协和盲目才对。想问您怎么看待年轻人对自己职业生涯的选择。

答：年轻时多尝试，多实践，从中得到经验与体会，逐渐明白真正适合自己的事情是什么，以及自己的特长与热爱在哪里。

而不是把工作当作一种试图加速的工具，想快速而容易地得到世俗成功。也许会受到家庭或外界的一些要求，舆论或压力也会使人害怕以自己的方式去生活，但卷入世俗的洪流之中，让世俗的价值观驱动自己，人只会很快失去自己。外界的煽动性的广告，大多是虚假的。人只能以自己的脚步去走路，一步一步走到远方。

947▸ 大学时关系比较好的朋友借了钱不还，现在平时也不怎么联系了，不知道该怎么办，为此有点焦虑。

答：如果数目不多，就当作帮助他，不要挂在心上。如果数目有些多，直接联系他要求还钱。这是简单的选择，有何焦虑？如果不想有这种选择，那么就避免借钱给人，也不向任何人或机构借钱。人按照自己的本分与能力去生活、消费，就不会给自己与他人制造问题。

948▸ 与他人面对面不知道想要说什么，只是一直听对方讲，感觉没有什么话题想要说给对方听，不知道会不会让对方感觉不舒服。

答：其实有很多可以聊，读过的书、看过的电影、听过的音乐、发生过的某种事情，甚至面前的一杯茶，都可以来说说自己的观察和感受。这是一种自然的个人魅力的发散。**人与人的连接在深度时不需要语言，但在必要时需要语言。扩充自己的内在能让语言更有影响力。**

949▸ 人是怎样一步步变强的？你曾经有没有顿悟的时刻？可以给书

友分享吗？

答：我从大自然或人事或细节中得到过的感悟很多，大多都已写在书里。从书里可以体会。我认为没有所谓的一步步变强，人所能做到的，只是心的扩展、调整。心的扩展、调整会影响到我们的思维、角度、选择与行动。

950．请问怎么样才能让自己多看事物的正面？发现自己特别喜欢"挑剔"。

答：喜欢挑剔的人，大多对自己也不满意，心里有很多受限的规范和标准。也可以说是一种偏见。有局限性的不够开放与接纳的心，首先伤害的是自己。当我们能够扩展内心，放下分别、偏见，会发现一切都是一体，有更广阔的同理心与理解力。

951．思想深度较深的女孩，虽然比同龄人看得远，但是孤独似乎也更多，而且觉得不是很好找另一半。我该如何做？

答：如果人得到一些珍贵的东西，自然也要为之付出一些代价。人所选择的，得到的，都有代价。但有些代价是值得的。这与找到另一半也并不矛盾。只是珍贵需要遇见同等的珍贵。

952．修行之人对这世间可是怀有更深的孤独，且只能让它融为生命必须承受的一部分，还会有心的不平衡感吗？为什么明知内心的宁静、平衡与丰富，只能从自我修行中寻求和获得，可依然有渴望倾诉的愿望，且有时如此强烈？

答：也许有社会价值上的孤独，但真正的修行之道能够让我们的内心更开放、丰富、充盈而敏锐。你的表达已不局限于单对单的人为的倾诉，而是在任何时地完成。**与一切有形无形的存在互相交融的心，无限扩展，没有边界。你的表达，可以对偶遇的陌生人发生，也可以对山谷中一朵默默无言的花发生……**

953▸ 为什么好人通常不被珍惜不被善待？为什么实诚的人都易被嘲笑为愚蠢？

答：并不认同这样的观点。但有一点可补充的是，善良、真诚的确更需要智慧去保驾护航。不智慧的善良与真诚会给自己与他人带去麻烦。

954▸ 为什么现在这个社会赋予女性的是能赚钱才是有本事有能力，而在家培养教育孩子和料理好家务，就是一名女性理所当然应该去做的事情？难道它不也是一种"本事和能力"？

答：带孩子做家务也需要本事和能力，而且与孩子相处，更多的母亲的力量极为重要，但这种力量会被故意压制、忽略。即便如此，女性仍应该增强力量。如果女性能够用自身的柔软、丰富、纯净、坚韧去滋养周围，她自身的生命力量也会被增强。但有时候女性会被嫉妒、匮乏感、敌对与过度的物质欲望所捆绑。

955▸ 怎么缓解年龄增长带来的焦虑呢？如何面对外貌的衰老？

答：人的肉身与四季万物一样会有生灭变幻，这是普遍规律与天然的秩序，要去遵守并对此保持一种敬意。我们对自己的老去可以抱有一种敬意，而不是回避、恐慌并试图人为控制。**肉**

身不管如何盛衰，如果我们的内心意识清明如一，并让它持续生长、发展、升级，这是在完成此生的任务。

956. 钱、名利、势力对于人来说很重要吗？在这社会中感觉如果一样没有就真的很难生存，无足轻重。

答：内心困境有时会来自于社会的主流价值观，以及大部分人群或集体给予我们的秩序要求。如果你身边的大部分人认为钱、名利、势力是好的，并以此要求你，你会发现，试图按照自己的内心所向去生活会有极大压力。但这的确不是唯一或者说最重要的生活方式。如果能经常出门旅行，出去看看更多人的生活状态，或读些好书，了解到地球上不同文明、不同地区的人的内心，以及参考他们的生活方式，你会发现，人是可以有很多种存在方式的。前提是我们的精神独立，是否到了能够拥有内心价值观的程度。**有些人不一定有你所指出的三项，但他们或许平静与愉快更多。**人的满足度不同，区别在于我们的生活信念和目标是什么。

957. 想静下来，有什么方法能最快见效？

答：放下手机，停止各种干扰。让自己独处。读一本可以静心的书，煮水泡茶喝一杯，在公园的树林绿地里散步，或者趴在阳台远眺，吹一会儿风……有太多方式。**我觉得这些小事任何一件，都会让我感受到内心的静谧与悦意。**

958. 如何静坐？虽然知道静坐可以让心变得更平静，但是怎样理解仅凭静坐、观呼吸就能得到智慧呢？

答：我们听到过的戒定慧的概念，如果按照世俗层面来解释，是对自己的身口意有所净化与克制，才能带来内心静定。若能保持内心静定，与本性源头相连，会逐渐参悟真理，有可能发展出智慧。静坐只是一种训练方式，观呼吸是这个方式的一种工具。重要的是我们通过这些方式与工具来修习止观。修习止观，可以读一些相关的书学习与理解理论，也可以请有经验的人引领。

959. 我从二〇〇二年开始爱你，就是你本来的样子。可以回复我一下就好了。

答：虽然过了差不多二十年，希望我们都还保留着初心，记得自己本来的样子。谢谢这些长久而珍贵的同行共进。感谢。

960. 如何看待现在社会上家暴频发的问题？

答：人类社会确有暴戾、动荡、不安而绝望的集体意识，这种集体意识会影响到个人的心态。频频爆发的暴力行为，其实也是社会内在意识的一种爆破表现。很难让家暴消失，这只能看我们每个人个体的身口意能够净化到什么程度，以及集体的内在能量能够净化到什么程度。这也是我们更好地去修习，让自己的能量影响到集体的一种责任。

961. 关于灵魂伴侣的见解。

答：这个人可以帮助提升及完善你的灵魂与意识，不管他以何种方式。

962. 如何对待身边那些表里不一的人？

答：视而不见，停止轻率的评断态度。多观照自己的表里。

963. 持续行进在生活的轨迹中，到了中年宿命感越来越强烈，一件件事情或际遇持续不间断，尽量坦然应对的同时，心仍然有疲惫和虚空，偶尔焦灼。希望对自我有所超越，但仍常有疑惑。自我的最终价值实现，该以怎样的形式得到确认？谢谢。

答：人到中年或过了中年，应把更多关注、觉知、观照放在自己生命的根部，即人生最核心、最本质、最重要的问题上。而不再为外界各种世俗而琐碎的事务所役。需要学习静心，持续深入，准备好回归的行囊。

964. 怎么才算真的爱一个人？

答：不仅仅喜欢他身上让你赏心悦目的部分，也理解与容纳他的缺陷。**不企图改造他，控制他。视之为鲜活的生命体，允许他鲜活地变化、发展。**而不是你的专属物品。

965. 我是女孩子，二十四岁，回避型人格，很难跟别人建立亲密关系。有时候觉得，谈场恋爱可以更清晰地认识自己，有时候又觉得，拧巴的人需要先把自己捋顺。请问，应该先走出去谈恋爱，还是先自我和解？

答：如果有人喜欢你，你也刚好不讨厌他，可以先走出一步。碰撞的过程是重要的实践，可以带给我们内观，以及在彼此抗衡与激发的过程中，去重新认识自己的内心，认知人与人的相处之道。

966. 正在读大学，很多时候不能做到精进，会希望为了一个人去让自己变得更好更优秀，但总断断续续。想知道你前进的动力是什么？

答：怎么可能为了别人去试图让自己变得更好呢？别人也是不稳定不完美的。没有任何外人外物可以简单地支撑起我们，除非是你幻觉中的理想化的关系。**要为了自己，试图让自己完整、变得更好。在完成自己的同时，才能利益到别人。**

967. 婚姻已十年，但不间断地喜欢或爱上其他异性，却没想过要离婚。不知道是我的问题还是婚姻不能让我满足。到底有没有心神合一的婚姻？

答：也许有心神合一的婚姻，对我们无法确认的事情不能轻易否认。**但大部分婚姻，是由两个有缺陷的、带着各自的习惯与背景痕迹的个体组成，所以彼此不可能组成完美和平衡的关系。甚至平静也很少。**无法得到满足的婚姻普遍存在。我们习惯从自己的欲望角度出发去要求对方。你十年的动荡也正说明了自身欲望从未被对方满足。同时也没有被自己制服。

968. 都说不太好的婚姻会消耗眼里的光，家长里短一地鸡毛。那么好的婚姻是什么样的？是否必须建立在良好的经济基础上？

答：建立物质现实中的家，是需要一定的经济基础，但不是为了满足持续扩张的欲望。**所谓的经济基础、物质欲望并没有边界与尽头。而任何关系需要建立在两个活生生的、在变化与发展的生命体上，这两个生命体的本质与互动很重要。**人们若能因理解而容纳，因容纳而欣赏与喜悦，并愿意让对方获得自由，支持彼此最终的心识升级与解脱，这是最好的关系。为这样的目标而共存，便不是浪费。不管这种关系是恋爱还是婚姻。

969. 如何坚持梦想？如何做一个真正有梦的人？

答：梦想是对未来的期许，也不过是属于妄念。不如在当下开始付出努力，认真耕耘，顺其自然。

970. 如何走出囚禁自己的世界？

答：想一想，那囚禁着你的是什么，它是如何存在的。先思考它，找到它。

971. 怎么看待一个男人是真心爱你，但怕你拒绝不敢主动？

答：如果男人真心喜欢一个女人，只会比女人着急。

972. 我提了几次相同的问题你都没有回答，不知是什么原因。我看一些问题你给出的答案，有时会看不懂，是因为我的智识阅历跟你不同步，相差太远的缘故吗？

答：每次一两千个提问中，我大概只能选出几十个来回答，也是精力与时间不够。希望大家谅解。我的回答并非答案，更与标准答案无关。世间问题并没有所谓的标准答案，一切以大家各自的生命实践去逐渐获得感知与完成。我提供的更多只是一种思维方式与觉知角度，是建议，也是一种无形的心意支持与鼓励。**你并不需要立刻看懂这所有的观点。有些看不懂的东西，过些年也许就能理解。**

973 教孩子规矩，是不是一定程度上就抹杀了他的创新意识？

答：**教给孩子待人处世、举止优雅的规矩，是家长的责任。**一些孩子在公众场合没有礼貌，举止粗鲁任性，会带给其他人麻烦，以及自私、蛮横的个性，都与缺乏家长的管束有关。这与创新意识没有什么关系，而是人的品格形成。至于创新意识，多留给他内心清净的空间，给他宁静而不庸俗的日常生活自由，可以让他慢慢生长出独立与丰富的精神意识。尽量不让孩子看电视节目，不让他们玩手机，推迟他们与科技产品发生连接的时候。多带他们去大自然之中，多付出一些时间亲身陪伴教导。

974 写作的灵感是如何获取的呢？除了对文字的表达，思想和思维的深度是否需要不断地去经历与体验人生才能获得？那如果生活一直很平凡平淡，没有机会去经历更广阔的世界，又怎么有写作的素材呢？

答：写作需要具备天赋，其实是实践、经验的扩展与积累。如同去旅行，先得有一架飞机、一辆汽车或一个交通工具。有了工具，可以出发。其他的一切会自然地发生，无须多想。

975 如何成为一名职业作家？面对褒贬不一的大众评论，是否会产生自我怀疑与写作恐惧？

答：没有如何成为。一些事情如果不能自动发生，也很难人为设计地发生。大众评论的贬褒不一，说明作品具有真实而鲜明的生命力，与不同的生命体碰撞，互相影响。如果是一味吹捧或夸赞的作品，那是虚假的。写作何需自我怀疑及产生恐惧，

世间任何事物都不会获得一致性或全部的认同与欣赏，只有心意相通、价值观对等的人才会从中得到对照与启示。写作，应珍惜知己。

976. 如何降服对同龄人的嫉妒心？比如看着和你一同长大、之前不如你的伙伴，事业爱情双丰收，拥有精彩的人生。而自己处处失意，还得笑着送上祝福。嫉妒如火般灼热，在这嫉妒之后，还有对自己的责备感与自卑，无力。

答：嫉妒与自卑，确实是无用而沉重的负担，扔了吧。我们并不知道他人光彩的外界展示之下，具体的情况如何，所以不用平白无故羡慕任何人。世间并不存在绝对的丰收和精彩，即便有些人貌似成功，背后也付出了巨大的努力与克制。人有不同的机遇与道路，不是仅仅依靠愿望或梦想之类就能做到。有很多决定作用是无形的。需要正确理解自己所拥有的生活，无论它是否符合自己的心意。若要调整生活，先调整心念。

977. 这是问了第三遍的问题，是否每个人都有被宠爱、被珍贵、被疼惜的权利？望答复。安好。

答：我认为人首先要尽到去尊重、理解、帮助、支持到其他人的责任，然后才有可能享受到被珍贵对待的机会。**这不是什么理所应当的权利，而是一种开花结果的收获。**

978. 你有很伤心很难过、情绪处理不好的时候吗？在绝望的时候有没有想过放弃自己的肉体？

答：凡是人，都会产生负面的情绪、颓废的心态、消极的念头……但这些念头与情绪是可以进行克服与净化的。只在于我们控制和处理它的速度是否越来越快。这需要学习与训练。

979. 想知道你在二十五岁的时候过着怎样的生活，有没有让你觉得遗憾的事情。

答：二十五岁，我那时刚开始写作，准备离职，四处旅行，去发现与探索自己的人生。我想体验写作，体验游荡，体验恋爱，体验人世万象。虽然有很多艰苦，也有不够完善或错误的行动，自己也有很多内心问题，但这是生命真实的实践。**人只能凭靠实践来获得道路。我从不觉得自己完美或正确，但知道自己曾经很努力。我对过往也没有任何遗憾。**

980. 怎样锻炼写作的功力？多看书这一点我明白，是否还有其他的呢？

答：写作的功力提升包括阅读，也需要人对自己生命的持续实践与观照，逐渐创建出内心的世界与精神价值。写作还需要有些天赋。

981. 皈依了藏传佛教。当我花越来越多精力金钱去做功课、放生、荟供，等等，却开始怀疑是否真的有意义。每天半小时念诵经文真的有"功德"吗？一切活动最后总逃不过一个"钱"字。放生随喜，放完很快捕捞船就来了；荟供随喜，供养上师随喜……是我对钱太敏感，所以无法精进？怎么消完这些疑惑，让自己深信自己的信仰？

答：不管皈依的是何种宗教，如果只是试图依赖外力、外境来护佑或加持自己，没有理性，无法分辨，也不闻思修，就不会获得任何有益的帮助。**人所能获得的真正的帮助，在于自助**。在信仰中也是一样。通过认真的听闻、思维、实修的学习方法，去获得转变自己的方式和工具，并从中提炼到智慧与慈悲。没有其他。

982. 种种缘由接触到佛法，已去研读了一些书籍，践行其中有益的理念，想皈依，可觉得自己还不够坚定，对佛法还不是很了解。

答：最好对佛法有整体的了解，再决定是否皈依。学佛不是精神寄托的工具，也不是逃避现实的他方。它是一套生命结构调整和重组的学习体系。需要付出大量意志力、精力、时间，也许比日常事困难得多。也需要足够多的智慧与领悟。否则，体系本身或自己都容易被误解与偏导。

983. 近年来接触了一些信佛的人，也阅读了一些关于佛教的书籍，可这些与从小受的教育和现在所处的环境有冲突，于是在信仰上出现太多太多纠结——原有的三观被打破，新的三观没建立，心有流离失所的感觉，前行路上疑心重重，甚是烦恼。请庆山指点，怎样才能找到回家的路，让心安定下来。期待回答！

答：把佛法当作一种生命教育去明心见性，通过古老的智慧去认识与学习关于心性、本体、时空、万事万物的本质。儒释道、传统文化、西方文化、古老文明，很多学科里都有。佛法只是其中一个内容。**广泛地去学习、认证、解答自己的疑问**。

去学习，而不是去依赖。

984. 想知道你现在的生活是在向着某个很笃定的目标深入前行的阶段，还是仍在反复确认、深入考察的阶段？而这其中佛教理论对你有着怎样的影响？人怎样才能确立一个笃定的人生目标？

答：两者都有。在前行的同时，仍需要更深入的确认与考察。对我产生影响的不仅仅是佛法理论，还有其他的宗教、文明、哲学、文化所代表的精神形态。要确立一个目标，首先要观察、了解、认知自己及万事万物，尽可能地去探索实相。而不是被自己的妄念、偏见束缚。在这样的基础上建立一个目标，较能靠近正道。

985. 如果没有遇到上师，自己该怎样开始修行？

答：在当今混乱、浮躁的气氛中，遇见真正的上师也是有些困难的。不能光看对方如何言说、如何表演、如何排场。而要看对方的行为、待人处事，以及见地是否带给你深处的启发。如果还没有遇见，可以先多与善知识们交流，与志同道合的人相处。最重要的是要自己去阅读、学习、用功。做好准备。

986. 你眼中优秀的男人是什么样子的？

答：无论男女，**我喜欢的是那些看起来朴素而自然的人，经常微笑，不露锋芒，心如明镜。**

987. 情欲是好是坏？

答：情欲是不应该负载任何人为评价或判断的干净的事物。好或坏是我们自己的心在投射。要看你自己的心是如何在看待情欲。

988. 真正的长大是什么样子？

答：明白和领悟实相。**你因此可以理解、容纳曾经无法理解、容纳的一切，并体会到其中的无言深意。**

989. 一直以来依赖爱情激素制造的思维敏感、情感细腻、观察入微去催生想法和写作能量，如果长期没有爱情，此番得益慢慢干瘪。加之环境吵闹恶劣，感觉厌倦、疲惫，戾气时有，此状态一年有余。久未动笔，并无感动，遂无想法。如何在没有爱情、环境吵闹的情况下回归从前写作能量满满的状态？

答：不以智慧、磨砺为导向，而只以感情、情绪为导向的写作，会越来越狭窄。先开拓自己的心境。需要恢复的是本体意识的饱满、丰盈，而不是情绪的自我满足。这种局限需要突破。

990. 我们要如何清空自己呢？这真的是一件很难做到的事情，始终觉得努力赚钱的意义不应该是在生活层面过得舒适，然而，发现自己已经渐渐被物质欲望给吞噬了，焦虑。

答：不仅仅是清空的问题，而是要发展精神层面的活力。感知、探索、发现珍贵自性本来具足的内容。这种焦虑感，也来自于你与它之间的长久失联。你听到了它被忽略之后发出的召唤。**真正的喜悦，一定不是只为自己的舒适而活着的。**

991▸ 花了春节假期的十五天来读《夏摩山谷》，慢慢品味和理解，读得很慢。这本书其实是作者借用小说的形式对自己多年内心修行的全面表达。我与这本书有很深的联结，同意也理解作者的表达，虽然很多领悟很难以书写的方式传递。从这本书中我受益也受教，也很感恩。

答：一本书只能带来某种讯息、某个信号，在心里种下种子。读完之后，真正的成长与调整，来自在生活中去学习更多内容，进行实践。这是长久而艰辛的过程。

992▸ 看到《夏摩山谷》里一句话，"让生活合乎你的本性。"可是，我甚至看不清自己本性是什么样的。要如何知道自己适合怎样的生活呢？我在喝茶的时候愉悦，在繁华的都市感到茫然。回到乡野小镇，也同样不知前路如何。

答：你在喝茶的时候愉悦，因为那一刻的宁静，得以与自己的本性自然地相契合。本性的作用在我们的生活中无处不在，但需要在澄定而细微的心境感受中去体认。这与生活在城市还是乡野，关系不大。**生活在于我们的心境。**

993▸ 什么样的喜欢才是爱情？怎么就知道非这个人不可呢？

答：男女之情大多建立于对彼此的期望、需索，带着盲目性与幻想。如果没有深切的理解与慈悲支撑其中，这样的关系大多会碎裂。也不存在非不可的这样的人。非不可也是幻想。现代的人很难做到长久地爱一个人。**应该如实地去看到，人与人之间的情感关系，如果是由浮躁而贪婪的欲望引发，大多是短暂、变化的。**真正的爱（慈悲），需要足够清醒的智慧。

994. 看了很多年你的书。拥有了自己的家庭后，反而不想看书了。看不进去，自己的生活只有自己好好经营。

答：这是需要警惕的状态。也是大部分人进入社会和家庭之后会出现的状态。不要被物质与有形的世界所捆绑，画地为牢。要始终记得，保有一处心境，抬头看看日月、天空，俯身看看大地、万物。丰富的阅读是让心灵和意识保持进步的一个途径，选择真正对心有提升的书籍。如果人不阅读，只看各种剧、购物、关注衣食住行、牵挂家庭亲友，这一生是受限的。

995. 读你的书，经过了不同阶段的自我，但是没有比现在更喜欢你的文字与问答。三十五岁，未婚，也依然没有发现自己到底适合做什么，倒是发现以前自己执着的事情和认知，可能都是片面的假象。追逐自由，反而被困。每天醒来，都是慌张，不知半生如何就这样蹉跎了，该如何从长计议？

答：以前我在问答中说过，任何选择都有代价，而**人生需要切实地苦行、精进，抵抗环境和大多数人给予自己的负面影响，需要在孤独中持续努力**。这不是空话。没有人可以在混沌、懒怠中获得成长，得到结果。先想一想，你有效完成的事情有多少件？哪怕只是先做到打扫干净一个房间，完成基本工作，安顿好自己的生活。精神跋涉的难度更远超于这些。

996. 二〇二〇年我们看到了全球动荡分裂，灾难不断。作为平凡渺小的个体，在愈发艰难的生存压力下，该如何以不变应万变，做到自利、利他？感谢您！

答：要有基本的日常保障，有经济与生活上的安排与准备。按照上一题，最好能够有一些切实的心性学习和训练。定力与智慧互相观照的内心，在不安定的处境中，会相对更容易保持稳定感与平衡。如果能够发展内心的慈悲，我们也会为他人做些力所能及的事情。

997. 如真说：我在这世间最想得到的是爱与被爱，但是我还没有得到。那么庆山，你呢？

答：看我们如何定义爱与被爱，是小爱还是大爱，是基于人性的爱还是基于本性的爱，是入世间的爱还是出世间的爱。这些区分影响到我们对爱的感受。我们会为此困惑，但如果有所体验、认证，内心就会有确定。**一得即永得**。这就是得到了。

998. 还相信爱情吗？

答：我相信爱。

999. 请问您，答完一千问还会继续答网友问吗？

答：这本来自大家的书，也希望回馈给需要帮助的人。当初说先答一千问，是担心不够有毅力坚持到底，所以给自己设下短期目标。好像爬山，先指定一个山腰到达。这一千问持续三年多。如果大家需要，仍会继续。

1000. 一千问的过程中，身心是怎样的感受？如果一千问代表一场旅行，那这些在路上遇见他人，并且分享经验及感悟的过程中，你寻找到了什么？我认为，人不断地问别人为什么是始终无法找到答案的。问自己为什么才有可能找到吧。我们应该如何衡量自我与他人的经验共享？

答：我在大家坦诚相告的众多困扰、烦忧、疑惑与矛盾之中，体会到更为深彻的平等心的领悟。也在这些问答的展示中，让大家一起体会这种平等性的展现。即，我们每个人都在面对同样的处境、同样的现实，有同样的困境与问题。**我们因为平等性而一体，你是他，他是你，你是我，我是他。**因此会更加懂得真诚而善意地去支持彼此、支持这个世界的重要。

– End –

庆山

作家
曾用笔名安妮宝贝

出版作品

阅读，记录，观照，分享。

心的千问

产品经理｜曹　曼　　　　版式设计｜付诗意
　　　　　邵蕊蕊　　　　责任印制｜刘　淼
技术编辑｜丁占旭　　　　出 品 人｜路金波

图书在版编目（CIP）数据

心的千问 / 庆山著. -- 天津：天津人民出版社，
2021.7（2021.7重印）
　ISBN 978-7-201-17350-4

　Ⅰ.①心… Ⅱ.①庆… Ⅲ.①散文集－中国－当代
Ⅳ.①I267

中国版本图书馆CIP数据核字(2021)第095835号

心的千问
XIN DE QIANWEN

出　　版	天津人民出版社
出 版 人	刘　庆
地　　址	天津市和平区西康路35号康岳大厦
邮政编码	300051
邮购电话	022-23332469
电子信箱	reader@tjrmcbs.com

责任编辑	张　璐
产品经理	曹　曼
	邵蕊蕊
装帧设计	付诗意

制版印刷	天津丰富彩艺印刷有限公司
经　　销	新华书店
发　　行	果麦文化传媒股份有限公司
开　　本	880毫米×1230毫米　1/32
印　　张	9.5
印　　数	75,001—95,000
字　　数	160千字
版次印次	2021年7月第1版　2021年7月第2次印刷
定　　价	68.00元